国境を越えて

市川 寛
ICHIKAWA Hiroshi

文芸社

目次

中国編

四十九歳での縁談

一九九九年九月、武志は四十九歳になった。高知県西部の四万十川中流の自然豊かな小さな村に、父母と三人で住んでいた。武志は美男子には程遠く、半端な男前で性格はおとなしく、一本気な気質があり、自営業で生計を立てていた。

ある日、「幸福の会」と名乗る五十歳から六十歳くらいの女性二人が、「武志さんですか」と訪ねて来て、「幸福の会に入会しないか」と誘ってきた。この会は縁結びの会だという。

武志の名前も知っている様子なので、不思議に思い尋ねてみると、「真面目でいい男がいるので、嫁を世話してほしい、と言われたのでやって来た」と言う。村人の誰がそう言ったのかは分からない。話を聞いてみると、「私たちも誰でも良いというわけではない。何か事が生じた時は、先方の方に失礼になるので、一応調べさせてもらうためにやってきた」と言う。

「高知県内を回って情報を集めて、この人ならと思う人に、入会を勧めている」と言って、これまでの入会者を記録にした本を一冊出してチラリと見せてくれた。

男女合わせるとかなりの人数が、写真付きで載っていたように思う。会員さんの条件が合う者同士を会わせ、男女二人が合意すれば全て良しと言う。

「隣の村では村内の者同士の、カップルが一組誕生した。どこに縁があるか分からない」と言っていた。武志は急なことなので、少し困っていると、「入会する気になったら、知らせてほしい」と名刺を置き、「もう一人会う人がいるので、そこに行く」と帰っていった。

武志も四十九歳まで、全く縁談がなかったわけではないが、いつの間にかこの歳になっていた。

その訪問から数週間が過ぎた頃、今度は母親から、「中国人は嫌いか」と聞かれて、武志は「別に嫌いでないよ」と答えた。もちろん縁談である。母は以前から縁談を気にかけていたが、最近は縁がないのを嘆いていたようである。武志は親泣かせの親不孝者だ。

すると数日後に、中肉中背のべっぴんさんが訪ねてきた。武志の家から十キロくらい離れている村落に嫁いで来ている中国人女性である。その夫のことは武志も知っていた。優しそうな男性である。

彼女は日本名で幸子と名乗った。彼女は武志に「こんにちは」と挨拶をすると片言の日本語で、「妹をお嫁にもらってください。妹は純情で素朴なところがあり優しい。お年寄りにも優しい」と頭を下げた。武志は困ってしまった。

幸子さんは兄弟姉妹八人の四女で、妹さんは末っ子で二十五歳という。武志とその妹さんでは二十四歳、つまり干支で二回り違いであり、親子くらい離れている。どう返事をすればいいか躊躇《ためら》っていると、幸子さんはまた片言の日本語で、「お願いします」と繰り返す。熱意に負けた形で「分かりました」と返事をしてしまった。

武志にこの縁談を持っていったらと勧めたのは、彼女の義理の母親だという。四十九歳にもなった武志に、と思うとありがたい話でもある。

妹さんの写真を持って来て、武志の写真が欲しいと言われたので、慌てて写した。

その写真は、あまり良くはないが、後日渡したのであった。武志はお見合いは初めてだが、縁談が順調に進んでいくと訪中することになるので段取りをしなければいけない。

一カ月ほど経つと、幸子さんから連絡があった。武志の第一次審査は合格のようだ。日本で婚姻に必要な書類を作成して、中国に持参してから相手の女性とお見合いをする。決まれば即結婚と一発勝負のようであり、中国女性は勇気があるのに感心した。その書類はどんなものが要るのか、幸子さん夫婦に聞いても「忘れた」との返事。仕方なく、彼女の家に残っていた少しの書類を預かり、村役場に相談したり、入国管理局、それから法務局に聞いたりして、何とか中国で要《い》る書類を苦労して揃えたのであった。

国内旅行もあまりしたことのない武志には、中国行きは不安に思えたが、乗りかかった舟、後戻りはできないのだ。仕事の都合の付く日を決め、夜行バスで神戸に行く。神戸から天津へ行き、妹さんのいる山東省臨邑県《さんとうしょうりんゆうけん》へ向かうのだという。幸子さんが連れて行ってくれるので、指示に従い、準備を進めていった。フェリーで行くのが一番いいのではないかと決まり、船の客室は武志が特Ａの四人部屋を選んだ。幸子さんは二等の大部屋がいいと言ったが、幸子さんの夫は武志を信用しているのか、大勢の知らない人の中にいるより、知った者同士一緒にいる方が安心できるということで、四人部屋で一緒と決まった。

十一月下旬に中国に行くことにして、神戸のフェリーの事務所に連絡し、火曜日の午後二時の便を予約した。それから宇和島自動車ターミナルへ行き、月曜日の午後十時に出発して一週間後に帰るバスの往復切符を手に入れた。前日には幸子さん宅に伺い、夫婦二人と母親から、今まで経験したことを聞いた。参考にできるだろうと、幸子さん宅では三人家族で、いろいろ教えてくれた。

フェリーでの二日間

さて当日は、彼女の夫が宇和島駅まで車で送ってくれる。紺色のスーツに着替えて待っていると、午後八時頃迎えに来てくれた。

車にトランクを積み、武志も乗り込み、暗闇の中を駅に向かった。外は大分寒くなっていたが、車の中は暖かく、誰もが無言でいた。

武志は少し緊張していたかもしれない。そのうち中国の話が少し出たが、一時間くらいで駅に着いた。駅前から出発する夜行バスで神戸へ向かう。時計は午後九時を指していた。出発まで一時間くらい余裕がある。「早く来てしまったね」と話していると、彼女の夫は、「気を付けて行って来い」との言葉を残し、帰っていった。

幸子さんは真っ赤なコートを着ていて、似合っていた。

武志たちが荷物を持って駅の客室に入っていくと、すでに三人くらいいたが、別の路線バスの乗客であり、十分ほどでバスが来て、それに乗っていった。

その後は誰もいなくなり、二人だけになった。暖房設備がなく、少し寒かった。午後十時前になると、客が次々に部屋の中に入って来た。待合室は騒がしくなり、しばらくすると大阪行きの夜行バスが駅構内に入って来た。

アナウンスがあり、バスの乗車口に行き、荷物を運転手に預けた。運転手はバスの貨物入れに、次から次と荷物を入れ、客は順次バスに乗り込んだ。

バスの中は暖かく、武志たちの席は後ろの方にあり、空席も少しあった。楽な姿勢で座り、ゆったりとくつろいだ。

バスの中は、無駄話をする人はなく静かである。リクライニングを倒し、皆休んでいるようだ。もうすぐ出発というアナウンスがあり、車内灯が消され薄暗くなった。

バスが動きだすと、前方だけがライトで明るく見えていた。途中、宇和町の駅で二人ほど乗車しただけであった。あとは兵庫県三宮に着くのを待つだけである。武志はリクライニングを倒し、凭《もた》れているが、なかなか眠れない。

バスは順調に走っているようで、エンジンの音だけが聞こえるのである。何時間か走り、瀬戸大橋の近くのサービスエリアに停車して、三十分くらい休憩した。運転手が交代し、そのうちまた、大阪に向けて出発した。

高速道路を走っている車は、深夜のため、大分少なくなっている。そのうちいつの間にか寝ていたのか、三宮の手前で目が覚めた。車内はまだ薄暗く、静かである。時計を見ると午前五時前、アナウンスが流れて三宮が近いと知らされた。

リクライニングを起こし、座り直して、幸子さんを見ると彼女もこちらを見た。降りる準備をしていた。数分後、三宮駅に着いた。バスを降りる客は、武志たち二人だけのようで、あとの人たちは大阪行きのようだ。

バスから降りると、外は暗く寒い。運転手がバスの貨物入れを開けて荷物を出してくれた。そしてバスは大阪へと出発していった。

武志たちは寒さを凌《しの》ぐため、建物の陰に身を潜めながら、夜が明けるのを待った。朝が早いせいか人影はなかったが、六時頃になると人が疎《まば》らに動き始め、一日が始まろうとしていた。午前六時半頃にもなると明るくなり始め、駅前道路は車も人も通行量が増えてきた。

武志たちは朝食を食べようと、レストランを探しながら歩いた。

三宮駅の地下に降りて、食堂を見つけ、食事を済ませてから港にタクシーで行くことにした。

地下を出てタクシーに手を上げると、すぐに近寄ってきた。トランクに二人の荷物を積み、後部座席に乗り込んで「第四埠頭」と告げると、港まではほんの数分の距離だった。

時計を見ると、まだ午前十時前である。タクシーから荷物を下ろし、二人で港のターミナルに入っていくと、誰もいないのでひっそりとしている。

室内はかなり広く、大きな建物である。この建物に関係がある人が疎らに出入りしている。

午後二時まで待たないといけないので、室内をあっちこっちとウロウロしながら、時々片言の日本語で話す幸子さんと過ごした。前よりは慣れてきたので、言葉が少し分かってきた。


二階に上がり、窓の外を見ると、岸壁で釣り竿を出している人がいる。その向こう側の海を見ると、船が往来している。空は青く天気が良いので気持ちがいい。陸の方に目を移すと、家やビルが多く、煙突から煙が出ている。都会の風景である。ここから中国に向かうと思うと複雑な気がした。

正午を過ぎると、少しずつ客が入ってきた。ほとんどの人が中国人のように見える。

そのうちフェリーのカウンターが開き、受付で手続きが始まった。

乗船券を購入し代金を支払い外を見ると、大きなフェリーが着いていた。そろそろ乗船の時間だ。三階に上がると税関で検査を受け、税関手続きが終われば、通路を通って船に乗り込んでいく。一人の男性が検査員に止められ、事情を聞かれていた。何か正規の手続きがなく、フェリーに乗り込もうとしていたようで、係員に別室に案内されていった。武志は自分も止められるのではないかとドキドキしたが、何のこともなくフェリーに乗ることができた。

荷物は、別ルートで運び込まれるため、必要な物だけ手荷物で持っていった。船に入ると、女性の乗務員が部屋まで案内してくれた。

特Aの四人部屋は時期的に混んでいないのか、幸子さんと二人だけだった。船の中の様子を見ようと、二人であちこち見て回った。太平洋を航海するさんふらわあ号よりは少し小さく思えたが、かなり大きなフェリーのようだ。遊興設備もいろいろと揃えているようで、それを利用すると、あまり退屈しないかもしれないと思った。

武志は中国への船旅は初めてなので戸惑いぎみだ。彼女はこの船を利用しているので、いろいろ知っているようだ。

ある程度見て回ったので、「部屋に帰ろう」と戻ると、午後二時になり、出航である。船は静かに動きだした。部屋の窓から外を見ると景色も少しずつ動きだしていた。二日間の船旅が始まったのである。

幸子さんは左側のベッドに、武志は右側のベッド。休みながら話を始めた。片言の日本語で分からないところは聞き返しながら話すと、大体意味が分かってくるのだが、何だかぎこちない。

そのうち夕方になり、「下の階に大きなお風呂がある」と言って彼女は降りていった。部屋にはテレビ、シャワー室、トイレが付いているのに、なぜわざわざ行くのだろうと思いながら、武志は部屋のシャワーを浴びた。

そのうち彼女が帰って来て、夕食に誘われ、ついて行くと、客が少なく食堂はガランとしている。不審に思い彼女に聞くと、「朝は無料で昼食と夕食は有料なので無理して食べに来ない」。だから空いているらしい。

料理は中国料理で、「セルフ方式なので、お金を払って好きな料理を取って来て、食べ終えたらお皿を持っていって返したらいい」と言われた。

食事が終わり売店へ行くと、日本の煙草や、中国のアルコール度数が高いお酒を売っていた。値段を見ると日本で買うより安い。関税がかかっていないからだ。煙草を十個買って持っていくことにした。

そして二人で部屋に戻ったが、部屋にいても何もすることがないので休むことにした。

彼女の様子が少し変な感じがしたので、もしかして武志に怖じ気づいているのではないかと思い、武志は彼女に「何もしない、襲ったりもしない。だから安心して寝たらいい」と言うと、彼女はニコッと笑顔を見せた。

あくる日、目を覚ますと、「お早う」と挨拶を交わし、顔を洗い、二人で朝食に行くことにした。食堂に行ってみると、今朝はほぼ満席である。みんな中国語でいろいろ会話をしている。

武志たち二人も、何とか席を見つけ朝食にありつけた。今朝はパンと何種類かのおかずだ。中国のおかずは辛かったり、臭いがあったりと、武志の口に合わないものがあるので、彼女に聞いてから注文した。

幸子さんは以前と比べると、もっと優しく親切になった。食事が終わり少し休んでから、部屋に戻った。

後で分かったことだが、武志が非常に怖かったらしい。「何もしない、襲ったりもしないから安心して」という言葉で、彼女の気持ちが非常に楽になったと言う。信頼できるようになったのか、少しは気が許せるようになったのか、妹たちの話や子供の話、そして彼女の身の上話まで、カタコトの日本語で話しだした。「男と別れて日本に来た」と言う。切ない気持ちが伝わってきた。好きという気持ちが強ければ強いほど、裏を返せば怒りや憎悪も増すようである。表情から怒りが伝わってくる。

武志自身も二十九歳くらいの時、好きな女性がいたが、迂闊にも彼女の心を傷つけ怒らせてしまい、狼狽したものだ。彼女の心の中から完全に追い出されていたが、彼女の商売柄、他人を見る目があり、武志の心は見透かされていたようで、最後は許してくれていたのではないかとも思う。武志にとっては素敵な女性であったが、後ろ髪を引かれる思いで別れてしまった。そんなほろ苦い思い出がある。だから他人の痛みは、少しは分かる気がする。中国人も日本人も痛みは同じのようだ。

話が終わると元の幸子さんに戻っていた。気持ちの切り替えが早く、しっかりした女性のようだ。

ちょうどお昼になったので、二人で食堂に行くことにした。今日も客は少なく、昼食はゆっくり食べられた。

食事が終わってデッキへ出てみた。空はどんより曇っていて冷たい風が少し吹いて、寒いので早々に部屋に帰る。

武志は部屋の窓から外に目をやって、ぼんやり眺めていた。幸子さんはベッドで休んでいるのか静かである。

「もう関門海峡に来たかな、それとも日本海に出たかな」と思った。瀬戸大橋の下を通る時にアナウンスがあり、橋の下を通過中と、中国語、英語、日本語の三カ国語で放送をしていた。

その後、テレビのスイッチを入れ、チャンネルを変えて見ていると周波数が合ったのか、韓国の放送が映り、ふいに点いたり消えたりするうち砂嵐になり、映らなくなった。しばらくすると、中国の入国許可の申請を受け付けると、三カ国語でアナウンスがあった。

武志はビザを受けていないので、彼女と一緒にすぐに行って申請した。七日間なら在留許可は必要ないとのことである。

「約十日の間に、何もかも済まさないといけないので忙しい」とのこと。中国のことは分からないので、幸子さんの指示に従うだけである。

それから二日目の夜が来て、夕食を食べ終え、部屋に帰って来る途中、カラオケが聞こえてきた。「北国の春」である。中国語で歌っているが、なかなか上手である。彼女に冗談で「歌いに行ってみるか」と聞くと「行ってもいいよ」との返事。武志は歌が好きではあるが、人前で歌ったことがないくらい照れ屋だった。昔の彼女に勇気をもらい、おだてられて、お酒が入ると、気が向いたら歌うというくらいにはなっていたが、今日は酒が入ってないので、自分から言い出したのに気が引けてしまって、「また今度にしよう」と部屋に帰った。

「明日のお昼頃には天津に着くね」と幸子さんに聞くと、「そうね、お兄さんが迎えに来てくれていると思うよ」と言った。兄さんとは一番上の姉さんの夫のことである。子供二人と四人家族で、一人っ子政策前に結婚したようだ。今回は兄さん宅でお世話になると言う。

「実家まではどのくらい時間がかかるの？」と聞くと、「夜になると思うよ」と言った。「なかなか遠いね」と話をしているといつの間にか寝てしまった。


次の朝目を覚ますと、船は少し揺れていた。窓から外を見ると天気は晴れのようである。武志はベッドから起き上がり、洗面所で顔を洗い、トイレに行ったりと忙しい。そのうち彼女も起き出し、洗顔や歯磨きをしている。それから、「朝食を食べに行こう」と言って食堂に向かった。やはり今朝も客は多かった。

武志たちもお汁、パン、おかずと注文をして、あとはいつもと同じ行動である。

朝食を食べ終え部屋に帰ると、荷物をまとめる準備に取りかかった。それが終わると、デッキに行った。

天気は良いのに寒いのだ。海を見ると、青い海と泥濁りの海が層になって分かれていた。黄河の水が、海に流れ出ていたのだ。先を見ると、大陸が見えてきた。もう中国の近くまで来たのだと思った。

初めての中国

それから何時間経ったであろうか、三カ国語のアナウンスが天津の港に着いたことを知らせた。しばらくして「出よう」と手荷物を持ち、忘れ物はないか部屋を見回し確認すると、ドアを開け通路に出た。

もう誰もいないようである。待合室に行くと、先に降りた人たちがワイワイガヤガヤと集まっていた。武志たちもそこに加わり、下船の合図があるのをじっと待っていた。すると合図があり、ドアが開いた。デッキから港にタラップがかかって、乗客は次々と降り始めた。

武志も皆に続いて降り始めた。港に着地すると同時に、中国の大地に来たという実感がした。

それからバスに乗り換えて、乗客みんなが天津の税関に向かった。五分足らずで到着し、建物に入っていった。検査員に順次パスポートを出し、検査を受けた。検査が武志の番になり、少し緊張したが、すんなり通してもらった。

荷物は先に税関を通っていたようだ。荷物を持ち、建物を出ると、幸子さんの兄さん（幸子さんの姉の夫）とタクシーの運転手が出迎えてくれた。兄さんは人懐っこそうな笑顔を見せた。運転手はごつそうな顔だが優しそうである。兄さんは幸子さんと、二言三言何か話をしてから、武志の方へ笑顔を見せた。中国語が分からないが、「ニーハオ」と言って頭を下げると、兄さんもつられて少し頷いた。

それからタクシーに荷物を積み始めた。タクシーといっても日本の軽四輪車のハコバンと一緒のようである。兄さんは助手席、幸子さんと武志は後部座席に座った。その後ろの席に荷物を置いたが、場所を取るため窮屈だった。

実家に帰り着くのが遅くなるということで、すぐに出発した。

車は右側通行で、港を出ると点々とした建物の間を通り抜け、天津の町に入った。町の中の交差点を左や右に曲がり、一本道路に出た。あとは臨邑県に向けて走るだけだ。


幸子さんの通訳によれば、「故郷に通じる道路は三通りほどあるが、海に近い方を通る」と言う。

道路は日本の高速道路のように直線的に造られている。片側二車線だが三車線くらいの幅があり、かなり広い。路面の舗装が所々悪く、時々ガタガタと衝撃を受けた。町外れまで出ると片側二車線くらいになっていた。

道路の両側には、一列に木を植えている。そして二キロメートルくらいの間隔で、幅五十メートルくらいの防風林だろうか、次から次へと並木がある。その間の所々に集落があるようだ。その先に進んでいくと、道路の外側は荒れ地ではあるが平地で、遠方に小高い丘が見えた。近づくにつれ、いつの間にか、平地のようになって通り過ぎている、不思議な感じがした。

武志は油田があるのに驚いた。普通の道路脇の畑のような所で、大きな機械のリングが回り、ハンマーの形をした大きな物が上下している。煙突からはガスの炎が出ていた。三カ所くらいあったように思う。それと、もうひとつ。海の近くであろうか、二十メートル四方以上の山盛りの塩である。雨が降れば溶け出すのではないかと、こちらが心配したほどだ。

道路を南へと車で走っていると、日本では見られないことがいろいろ目に付く。あまり尋ねるとうるさく思われるので、疑問に思うことだけ、彼女を通じて兄さんに聞いてもらっている。

そんな時、運転手さんが自分の吸っている中国の煙草を武志に差し出した。武志は分からないので黙っていると、幸子さんが「あげると言って差し出した」と教えてくれた。

武志は手を左右に振って「要らない」と言うと、また煙草を差し出してきた。幸子さんが「中国では、自分が煙草を吸う時は、相手にあげて、相手が吸う時は反対にもらう、それが習慣」と教えてくれたので、一本もらって吸ってみた。きつく感じた。しばらくすると、また一本あげると言ったので、今度は「要らない」と言って、日本の煙草を一箱差し上げた。すると喜んで、ポケットにすぐしまい込んだ。

横から幸子さんが「日本の煙草は、中国では人気があるのよ」と言った。喜んですぐにしまい込んだわけをそれで納得した。

それから中国人三人が時々笑いながら雑談していたが、武志には話が分からなかった。

しばらく走ると集落が見えてきた。道路の中央から片側一面にトウモロコシを干している。一車線がトウモロコシで通れないので、トラックが前からこちらの通行帯に入り、こちらへ向かってパアーパアーと警笛を鳴らして突っ込んでくる。武志たちの乗ったタクシーはトラックをよけながらピイーピーと警笛を鳴らし、すれ違う。

車の台数は少ないが、スピードが出ているので冷や汗が出てくる。物騒な乗り方で、とにかく怖い。幸子さんに「こんなことが、いつもあるのか」と聞いてもらうと、運転手は「時々ある」と笑っている。

行き交う車はほとんど、荷物運搬のトラックである。トラクターでトレーラーを引いてトウモロコシの茎を山のように積み、走っているのも見た。

もうどのくらい走っただろうか、車の外は薄暗くなった。このタクシーには暖房が付いてないので、だんだん寒くなってきた。

途中まで行くと、何台もの車が止まったまま動かなくなっている。しばらく待っても動かない。タクシーの運転手が降りて前の方へ歩いて行った。渋滞の様子を見に行ったのだ。すぐ戻ってきた。どうやらトラックが横転している、と兄さんに話しているのを幸子さんが聞いて、武志に教えてくれた。

外はもう真っ暗になり、いつになったら家に着くのだろうと思い、待っていると、少しずつ車が動きだした。自分たちの乗ったタクシーも続いて走りだした。またしばらく走っていると、交差点の角を曲がり、二車線くらいの道に入った。「もう近いの？」と幸子さんに聞くと、「もうすぐ」と答えた。

お嫁さん候補は少女のよう

何分か走ると集落に着いたようだ。狭い路地に入り、建物の間を抜けながら、奥へ入っていく。そして三軒目の家の前に止まり、ピピッと警笛を鳴らすと、幸子さんの姉さんたちが家の中から出て来て出迎えてくれた。暗闇で家の周りは見えないが、レンガの建物のようだ。やっと着いたのだと安心した。

荷物を持って門をくぐると、部屋に案内してくれた。時計を見ると午後十時を過ぎている。日本と中国では時差が一時間違いだから分かりやすい。

夕食は、水餃子を一番上の姉さんが用意してくれていた。姉さんは丸顔で笑顔がすごく似合う女性だった。いつもニコニコしていて、おおらかな性格のようだ。中国語で「食べて」と、水餃子を武志に勧めた。水餃子は武志の大好物で、早速いただいた。

武志の寝室は、六畳くらいの広さの土間にベッドが用意されていた。ほかには何もなく、殺風景で暖が取れないので、布団に入り、休むことにした。

寒いためか、トイレが近くなり、外にトイレに行こうとすれば、パッと外灯が付き、気を付けてくれているのだろうが、いつも監視されているような気がして落ち着かない気持ちであった。

寝床が変われば寝付きが悪い武志だが、いつの間にか寝ていた。

朝、目が覚めると、トイレに行きたくなり、武志はドアを開け外に出た。外は朝靄が立ち込め、寒さが肌を刺すようだが、なぜか気持ちがいい。トイレを済ませて部屋に戻ると、幸子さんが「顔を洗ったら」と洗面器にお湯を入れて武志の所に持って来てくれた。顔を洗うと、今度はやかんに湯を入れて、持って来てくれて、歯を磨き、口を漱《すす》いだ。

飲み水はここでは大切で、地下から汲み上げているそうだ。地下二メートルくらいまで掘れば、水は出ると言う。その代わり、必ず沸騰させないと飲んではいけない。お腹を壊すからといつも熱いお茶を出してくれた。

中国ではお茶は、ピンからキリまで何十種類もあり、選《よ》り取り見取りである。武志には最初から飲み慣れたマリーというお茶が口に合っていた。

朝食はシュウマイと中国のおかずで、少し辛いが美味しかった。

その後、灰色がかったスーツ姿の、長い髪を三つ編みにした女性が掃除をしたり洗濯をしている姿が見えた。その娘が武志のお見合いの相手だと知らされた。


部屋に呼ばれ、二人は対面した。緊張し、恥ずかしい気がしたが、言葉が通じず、幸子さんを通じて話す。

印象を言うと、身長百五十センチほどで、写真で見たより痩せていて、すらりとしていた。美人とまではいかないが、可愛い少女のように見えた。そして男の子を連れて来た。前の夫との間に一歳くらいの男の子がいると聞いていたので、別に驚かなかった。武志が手を出すと、すぐ笑顔で抱かれてきたので、人見知りを全然しない子だと感心した。

凛々しい子で、足を開けて座るとお尻が出る綿のつなぎの服を着ていた。頭も、つぶらな瞳も大きい可愛い子で、時々土間の地べたに座って遊んでいるのでお尻が寒くないのか、心配になる。見ている武志の方のお尻が冷たく感じたのであった。

元気な男の子は、母国語はかなり知っているということだが、武志が中国語を話せないので会話は残念ながらできなかった。

武志は日本を出てからは、幸子さんとしか話をしていない。彼女がいない時は、何も分からないうえに寒いので、寝るだけだった。そんな武志を心配してか、幸子さんは散歩に連れ出してくれたのである。

家の周囲の道幅は二メートル五十センチくらいで、舗装をしていないため、デコボコで所々ぬかるんでいる。

村外れまで来ると、道の両側には一面麦畑が広がっており、筋状に植えられた麦は緑色濃く、十センチほどに成長している。雑草は綺麗に取り除かれ、世話は行き届いていた。

この村の人はパンが主食ということで、家族の人数の割合で畑を借り、麦をつくっている。毎年、畑が代わるが、作業は大きな機械持ちの人に頼み、皆の畑の作業をしてもらうという。

麦畑の間には所々に綿花を植えていた。枝には白い綿が多く残っており、農家の人が五人くらい畑に出て、摘み綿仕事をしている。のどかな風景が、昔の日本の田舎を思い出させてくれるようだ。牛がリヤカーを引き、トウモロコシの茎を山のように積んでのんびりと運んでいた。

どこからともなく遠くの方から、ゆったりとした物静かな音楽が聞こえてきた。時々、中国語で何か言っているので、「何と言っているの？」と武志は幸子さんに尋ねた。

「この村の大部分の人は収入が少なく、税金の滞納者が多いのでお金を払えと、言っているのよ」と答えてくれた。

「日本と同じだね」と笑い、ふと足元を見ると、石ころが一個も見当たらないのに武志は気付いた。あちこち探したが見当たらず、この土地なら作物も作りやすいのではと、話をした。

時が経ち、太陽が傾き、地平線の彼方にゆっくりと夕陽が沈んでいくのがとても綺麗に見えていたが、寒くなってきたので来た道を戻る。

部屋に帰り、武志がベッドで横になっていると、その夜はお父さんの誕生会をするので、次男の家に集合とのことだった。家には武志一人になるので、「妹だけ残して行くから、何かあったら、妹に言って」と言われた。

武志は誕生会のことがよく分からないので、「お父さんにプレゼントして」と少しお金を渡した。

皆が出払ってからは、家の中はひっそりとしたものである。そのうち妹さんが紙に何かを書いて武志の所に持ってきた。漢字だが、日本とは異なる字で、内容の想像もつかない。ただ、彼女の好意的な態度と、二度三度と武志の様子を見に来てくれて、優しい女性だと武志は感じていた。

その夜遅く皆が帰ってくると、すぐに幸子さんが、部屋に来てくれた。彼女の顔を見るとひと安心。自分の気の弱さに情けなくなってしまい、自分を叱咤したのであった。言葉が通じない不便さを、改めて感じたのである。

それまでも武志は少々風邪ぎみではあったのだが、あくる日、ついに熱が出てしまった。そのうえ下痢がひどく、大変である。

夕方になると熱が上がって頭痛があり、医者に往診してもらわなければいけなくなった。近くに病院はなく、車もない。オートバイがあるだけである。兄さんが隣町までオートバイで行き、医者を乗せてきてくれると言う。医者の送迎である。

「一時間はかからないと思う」と言い残して、寒い夜の外へ出て行った。思った以上に寒くて誠に気の毒である。

武志が申し訳なく思っているうちに医者がやってきて、診察し、薬を置いていった。一晩寝れば治ると思っていたが、あくる日も同じで下痢もとまらず、もう駄目かと思った時、「日本から電話」と幸子さんが武志に言った。

電話に出てみると、従姉からであった。「そちらはどう？　順調にいってる？」という声を聞くなり、武志は涙がどっと出てきた。途切れ途切れで、うまく話せない。電話の向こうでも、もらい泣きしているのか声が掠れている。武志の横では、幸子さんも目が潤んでいるようだ。

従姉が「もう少し頑張って」と言っている気がしたが、武志はあまり覚えていない。「ありがとう」と言って切った。

他の国で病気になると、これほど心細く不安になるのかと思ったが、周りの人を見ると、恥ずかしくなった。なるようになる、これが自分なのだと思うと、気持ちが落ち着いた。

後で幸子さんが武志に言った。「武志君の涙を見た時、この人は私たちと同じ感情を持つ人だ。妹を嫁にやってもいいと思った」と。武志は、情けない人と言われるかと思っていたら、心の痛みの分かる人と言われ、救われた気がしたのだった。

そして、いつ買ったのか知らないが、「妹が買った」と言って、背広の上に羽織るコートを差し出した。寒い時なので、心のこもった、ありがたい贈り物であった。

結婚の書類作り

それから幸子さんが、「もう一枚、直さないといけない書類がある」と言った。それは武志が持ってきた独身証明書である。

中国では通用しないと言われたらしい。役場で作成したのでは駄目で、法務省の印が必要だった。幸子さんから高知へ留学している兄さん（長男）に連絡してもらい、知恵を借り、北京の大使館に行くことにした。

次の朝、兄さんの三輪トラックでバス停に向かった。後ろの荷台に武志と幸子さんと兄さんの知り合いのおばさんと三人が乗ったが、この日も靄で霞がかった寒い朝である。時速二十キロから三十キロくらいでゆっくり走っていく。路面が悪く、時々ガタゴトと揺れる。四十分くらいでバス停に着いた。武志が想像したより、小さな町である。おばさんはお礼を言うと、どこかに歩いていった。

広場に三輪トラックを駐車し、鍵をかけ、三人でバスに乗り込んだ。幸子さんは空いた席に武志を座らせ、横の席に座った。兄さんは少し離れた所に座った。

バスはほぼ満員である。町の地名も駅の名前も武志には分からなかった。そのうちバスは走りだし、次の駅で五人の客が乗り込んできて、武志の前に立ったのは二十五歳くらいのスーツ姿の女性である。

何気なく下を見ると、足元にお金が落ちている。紙幣であった。どうしたらいいかと思い、横の幸子さんに頼むと、すぐに女性に声をかけ、知らせた。女性は何か言ってお金を拾い、ポケットに入れたのである。

そのうちバスは終点の駅に着いた。かなり大きな町のようである。徳州市ではないかと武志は思った。この駅から北京行きの汽車が出る。駅に入り案内を見ると、午後二時過ぎに発車となっている。かなり客はいて、混雑状態である。出発時刻は刻々と迫っているが、汽車は見えてこない。定刻より三十分、一時間と待っているのにまだ来ない。

そのうちトイレに行きたくなり、幸子さんに言うと、「付いて来て」と言って先に行く。トイレの前で幸子さんは、番台に座っている人にお金を渡す。それから私に、「どうぞ」と言うので入った。昔日本にあったような、囲いがなく、皆が並んで用を足すという便所で、こんなので金を取るのかと武志は思った。

トイレが済むと、また元の場所に戻って待った。

午後四時になり、やっと汽車がやって来た。その汽車に次々と人が乗り込んでいく。武志たち三人も、急いで乗り込んだ。通路を通り、空いた席を探し座ったが、三人別々になった。

武志の座った席の横はおばさんで、台を挟んで向かい合わせの席は若い娘さん二人が座った。通路を挟んで横の席へ幸子さん。その二つ後ろの席にお兄さんが座った。武志は「なるべく黙っていた方が良い」と言われていたので静かにしていた。時々は窓の外に目を向けた。間もなく発車である。ゆっくり走り始め、少しずつスピードが増していき、窓の外の景色が後ろへと消えていくほどの速度となった。

車窓からは、大きく高い木々が見える。葉が落ちて枯れ木のようになっている。上の方の枝には、大きな鳥の巣があるが、古い巣のようである。カラスの巣より大きい。幸の鳥（コウノトリ）ではないかとも思ったが、何の巣か分からない。前方には小高い丘があり、いつの間にか、分からないうちに通り過ぎている。平原は果てしなく続いており、大小の集落もあるが、その横を汽車は北京に向けて勢いよく走っている。

客は会話をしている人もいれば、寝ている人、窓の外を見ている人、様々である。幸子さんが時々近寄って来ては小声で、「退屈しないか」と声をかけてくれる。武志は「大丈夫」と小声で答えるだけである。

それから静かに座っていると、前の席の女性が台の上に置いていた飲み物が武志の方へ倒れた。慌てて女性が拾い上げて、「アイムソーリー」と英語で謝ってきた。武志を中国人ではないと察していたようだ。武志は黙って頷いた。もう日本人と分かっていたのではないかと思う。

二人の女性は小声で話し合っては、こちらを時々見ている。日本人を見るのが珍しいのではと思う。

兄さんの村では、日本人が来たことがないと言っていた。それだから、この汽車に乗っている日本人は武志だけかもしれないと考えている間に、外は薄暗くなっている。長距離の割に駅が少ない。時計を見ると午後十時を指している、北京はもう近いはずである。夜汽車は北京に近づくにつれ、空席が目立つようになっていた。速度が徐々に遅くなっていき、やっと到着した。

客が次々と汽車から降りていく。武志たち三人も汽車を降り、駅の待合室に入ると、ホテルの客引きが数人、たむろしている。その一人が兄さんたちと何か話している。そのうち兄さんが手招きした。どうやらその男の小型のバスに乗るようである。三人がそのバスに乗ると、ホテルに向かっていった。

ホテルに着くと、その男の案内でロビーに入り、受付で何か話し合っている。そのうち兄さんが首を振り、幸子さんと武志のもとへ来る。

幸子さんが、「このホテルは駄目」と言った。「どうかした?」と聞くと、「このホテルは、日本人の保証ができない。何かあった時に困るので、もっと大きなホテルに行ってほしい」とのこと。

さっきの男が、バスで保証のできるホテルまで乗せていくと言う。また彼のバスに乗り、連れて行ってもらった。

別のホテルに入り、受付で何か話している。どうにか許可が出たらしく、男はバスに乗り、帰っていった。親切な男のようだった。時間は夜中の十二時を過ぎている。受付の人に部屋まで案内をしてもらい、寝床についた。

ホテルの横では、レンガの建物を造っていた。窓から明かりが見え、コツコツとレンガを並べる音がした。夜通しの作業のようである。

武志は体調が悪く、あまり眠れず、朝を迎えた。三人がホテルをチェックアウトして外に出ると、吐く息が白く漂っていた。寒い一日の始まりである。

ホテルの前の通りに出て、少し歩くと広場があり、食べ物の出店が数軒出ていた。広場の椅子に座っていると、兄さんが串に刺した焼き肉を三人分買ってきてくれた。それを分けて食べたのだが、なかなか美味しかった。

それからしばらくして、タクシーで日本大使館に向かった。外観は日本のタクシーと一緒のように見えるのだが、車の中に暖房はなく、寒かった。運転手と客の間には仕切りがあり、手だけが入るくらいである。防犯のため、用心しているのだろう。

北京の街は車がかなり多く、大都会である。交差点を右や左に曲がりながら進んでいき、大使館に着いた。

建物の中に入っていくと、待合室のテレビは、パナソニックの画王である。目に付く物は日本製で、なぜか日本にいるようで気持ちが楽になった。

奥の部屋の中から男の人が出て来て、用件を聞いてきた。ありのままを伝えると、すぐに証明書を作成してくれたので、ひと安心。それを兄さんと幸子さんに見せて安心させた後、この後どうするか聞いてみると、幸子さんが答えた。

「時間があれば万里の長城へ行ってもいいが、今日は時間がないので天安門広場へ行こう」

何もかも兄さんと幸子さんが先導してくれるので大変助かっている。

天安門広場へ行ってみると、機関銃らしきものを肩に掛けた警備兵が立っていた。毛主席記念堂には毛沢東の遺体があるという。だが、見学するほどの時間はない。

しばらく外を見て回ったが、汽車の時間が来たと言うので、タクシーで駅に向かい、そして汽車に乗り、北京を後にした。

それから山東省の方へ帰っていった。天津まで来た時、日本に帰るにはまた、ここまでタクシーに揺られて来るのかと思うと武志は気が重かった。

汽車の終点駅でバスに乗り換え、小さな町に戻った。そこで三輪トラックに乗る。そして家に着くと、少し疲れていた。

あくる日、お兄さん、幸子さん、お嫁さん候補と武志で、町の病院に行くことになり、タクシーで出掛けた。

タクシーの運転手はこの前の人で、笑顔で手を上げ、人懐っこく寄って来た。武志も思わず手を上げると、また煙草を勧めてくる。「謝謝」と言うと、発音が良かったのか、親指を立て、ニッと笑い、頷いた。日本で聞く中国語と、中国で聞く中国語では、発音が微妙に違っているように思え、武志は真似してみたのだ。

そしてタクシーに乗り込み、出発。皆は雑談しているが、武志は蚊帳の外であった。外を見ると、今日は天気は良いのだが、朝靄が出て見通しが悪いようである。タクシーの中で、幸子さんが武志に言った。

「町に行った時、あまり話をしないように。黙っていれば中国人と変わらないが、話しだすと日本人と分かるのでスリに狙われたりするから用心して」

日本人は金持ちと思われているらしく、気を付けてと言うのである。

幸子さんに通訳をしてもらいながら運転手と話をしてみると、日本の一万円は、中国の七〇〇元と同じ、日本の軽四輪車はいくらかとか、賃金はいくらだとか聞いてきた。

「日本では、日給は一万円くらい」と言うと、驚いた様子で、「中国の田舎の方では、六十歳以上なら、日本の高い煙草一箱分で雇える」と言う。だから「中国で会社をつくってみたら」と、そんな話まで出たのであった。

話をするうちに町に着いた。兄さんたちが病院に入り、受付で何か話している。そのうち幸子さんが、武志の所に来て、「一週間経ってから来いと言われた」と言う。「それでは、間に合わない」と話をしていると、兄さんがまた何か話をしている。するとすぐに、「健康診断書を作成してやる」と言ってきた。「どうして?」と尋ねると、「魚心あれば水心」という返事。

なるほどと思い、言われる通り部屋に入ると、五十歳くらいの男性医者が鳥や机や魚などのカードを出し、「イングリッシュ」と言うので英語の単語で答えると、「OK」と言う。その後、ゴムの手袋に手を入れると武志の性器を握った。あっという間だった。「ウンウン」と言うと、それで終わりであった。お嫁さん候補は別の部屋で、女医さんに見てもらっていたようだ。

病院の健康診断が終わったので幸子さんが、「結婚指輪を、買いに行かないか」と言うので、「そうしよう」と三人で店へ入った。

大きなビルの中にいろいろな売店が入っていて、その一角に宝石店があった。ペアの指輪を買い、「ネックレスも一緒に買ったら」と言う、好きなのを選んでいた二人だが、予算が少ないので選びにくかったかもしれない。

買い物が終わり、お昼になったので、レストランに入った。運転手を含む五人で席を取った。中国料理の中で、炒飯が最初に目に入ったので、武志は炒飯を頼み、皆はそれぞれ注文した。

ここは大きな店だから、声を出してもいいようである。「小さい店は、外国人と分かると、掛け値でくるから言葉は控えた方が良い」と言われていたのを武志は思い出した。

円を両替する時、兄さんの友人で警察官をしている人に両替屋に連れて行ってもらったこともあった。「素人が両替すると、騙されることがあるから」と言われたことも思い出した。

さて昼食が終わり、残っていた用事も済んで帰途に就いた。

「書類が一応揃ったので、明日は結婚証明書を作成してもらいに行こう」という話であった。

「中国人同士なら近くの役所で済むのだが、外国人との婚姻は済南市の公証所へ行かなければできない」と言う。

「済南は大きな都市だね。人口は何人か？」と幸子さんを通じて兄さんに話を聞くと、山東省で「一億二千万人くらい」という返事。そして男女の仲を聞くと、幸子さんの話では、中国の若者は日本の若者とは違い古風な面があり、日本のアベックのように手をつないだり肩を組んだりは、恥ずかしがってしないという。確かに周りを見ても男女のカップルが見当たらない。それとも目に付かないように、デートをしているのかもしれない。


あくる日、六時頃に起きて急いで身支度を済ませ、兄さん、幸子さん、お嫁さん候補と武志でタクシーに乗って済南市に出掛けた。

まだ夜が明けてなく、少し霧が出ていた。

タクシーは薄暗い夜道にライトを点け、済南市に向けて走っていた。何時間か経ち、そのうち済南市の近くと思うのだが、泥濁りの河に出た。黄河のようだ。そこには橋が架かっていた。石で造ったしっかりした橋だった。

兄さんがこの橋は、昔、日本人が造ったのだと幸子さんを通じて話をしてくれた。橋を渡る時に見ると、年数が経っているのだろう、古びた橋であった。やはり日本の技術で架けたのである。

公証所の中に入り、お嫁さん候補と武志は書類を出し、婚姻の手続きをして結婚証明書を作成してもらった。それはパスポートに似た赤色の証明書で、二人が一冊ずつ持つ。離婚すれば、役所に証明書を返納すればいいだけと聞く。これで二人は、中国では結婚が成立したのである。

異文化の者同士が、愛を育み育てていかなくてはいけないのである。子供ができれば、なおさらである。フィリピン人や、台湾人、中国人の女性と、日本人の男性が見合い結婚をして失敗し、大部分の女性が日本を去ったと聞いていたので、自分たちもその恐れがあると思いながらも、遅咲きの結婚に武志は感慨を深くしたのである。

これで幸子さんが義理の姉さんになり、妹さんが武志の妻になったのである。

いろいろと必要な用事が終わり、黄河の橋を渡り、家路に向かった。

次の日は、日本に持って帰るお土産を買いに町まで行こうとの話になった。

翌日、兄さん、姉さん、妻と武志の四人でタクシーに乗り、町に出掛けた。武志は言葉が通じないので、姉さんに連れて回ってもらうより方法がないのである。

武志は武志の父から、「革の鞄が欲しい」と頼まれていたので、姉さんに大きなデパートに連れて行ってもらった。大きなデパートの革物売り場には牛革、カンガルーなどの鞄、財布といろいろあり、その中からデザインの良さそうな、鞄一個と財布を買った。

母は「朝鮮人参が欲しい」ということだったので、中国に着いた時に、すでに姉さんに頼んでいた。町にある売店の朝鮮人参は高額なので、「吉林省で栽培している親戚がいるから、そこへ連絡を取ってあげる」とのことで、送ってもらっていた。かなりの量である。これで二人のお土産はできた。あとは焼き物やチョコレートのお菓子類など。日本と比べると、かなり安い。生物などは税関で没収なので控えた。

その日、写真で見るような建物のある公園へ連れて行ってもらったのだが、何という所か覚えていない。中国は広く、北から南、東から西と旅すれば、かなりの日数がかかってしまうという。兄さんが「今度ゆっくり来た時、あっちこっちと連れて回ってやる」と言ってくれたのだが、武志の方が何度も訪中するのは難しい。

「中国は広い。日本人に対して好意的でない地区もあるので、どこでも安心して歩けるとは思わない方が良い」とも聞かされた。武志は「一人で歩かないから大丈夫」と言った。

その後、妻と二人で、静かな所をしばらく歩いたが、「時間が来たから帰ろう」と姉さんが言った。冬の日は、中国も短い。

タクシーの前の席は兄さんと姉さん。後ろの席は妻と武志が乗った。車窓の外は薄暗くなり始めていた。

しばらく走ったところで、武志は眠くて横になり、妻の膝に頭を載せた。前の席からは、背もたれがあり、後ろの席は暗くて見えにくいのだ。彼女の膝の温もりが徐々に伝わってくる。彼女は何も言わずに黙っていた。

膝が痛くなるといけないと思い、途中で起き上がり、座って帰っていった。

その夜、明日帰るための支度をしていたが、朝が早いので就寝した。

妻を中国に残して

朝四時に起きて朝食を食べ、兄さんと妻に天津の港まで見送りに付いて来てもらうことになった。武志は日本に帰るので、兄さん、姉さんにお世話になった礼を言い、別れを惜しんだ。一番上の姉さんが、武志に「三年経ったら、またおいで」と言っていると、幸子さんが通訳してくれた。「分かりました、また来ます」と言うと「約束よ」と和やかな話をしているうちに、タクシーが到着した。

外へ出ると暗く、身を切るような寒さである。「寒い」と言いながら、日本へ帰る武志と幸子さん二人の荷物をタクシーに積み、四人が乗り込んだ。いささか窮屈であるが、今から八時間くらい乗っていなければいけない。「さあ出掛けよう」と、いつもの運転手が言い、タクシーが動き始めた。残った一番上の姉さんがタクシーに向かって手を振っている。こちらも手を振った。

車は天津に向かって進みだし、残った一番上の姉さんは暗闇の中に消えて見えなくなった。

辺りは明かりもなく、ヘッドライトの当たる所だけ明るい。少し靄が出て速度が出しにくいようだ。皆は黙って座っている。今度は来た時とは違う別のルートを通っていくようだ。二時間程度走ると、少しずつ明るくなってきた。靄の中を天津に向かって走るだけである。

このルートも道幅は広いが悪路の所もあり、ガタゴトと衝撃が伝わってくる。通行量が少ないからか、片側一車線はトウモロコシを干している所もある。

今日の天気は曇り時々晴れのようで、雨や雪は降らないようだ。前方に低い丘があるようだが、いつものように近づくにつれ平地のようになって通り過ぎている。

この道路の両側にも木が植えられている。樹高五メートルくらいの木は、胸の高さの所から下に白いペンキのようなものが塗られている。一定の間隔で防風林も見える。

何時間走っただろうか、武志は腰が少し痛くなってきた。そしてトイレにも行きたくなったので、運転手に「どこか、トイレがある所で止めて」と幸子さんに通訳を頼んだ。ちょうど正午になったので、どこかレストランに寄ってくれないかなとも思っていた。所々に集落はあるのだがレストランは見当たらない。もう少し行くと天津の港に着くと言うので我慢した。

天津の街が見えてきて、車の通行量が増えてきた。港に行くには、点々と建った建物の間を通っていかなくてはいけない。海の方に車で向かって走っていると港の建物が見えてきた。やっと着いたのである。

兄さんと幸子さんは、「買い物をする」と言って、来た道を歩いて少し引き返し、武志と妻は港の建物の中に入っていった。数人の客らしい人がいた。トイレに行きたいのだが分からず、妻に聞いても意味が通じない。ジェスチャーをしても反応なし。たまらず事務所の中へ、大きな声で、「日本語の分かる人いませんか!」と尋ねると、中から「私、分かります」と言う人が出てきた。
「すみませんが、トイレを貸していただきたいのですが」と言うと、「事務所の中にもあるが、外にもある」と指さして教えてもらえた。急いでトイレに行き、用を済ましトイレから出て行くと、ちょうど兄さんと幸子さんが帰って来たところだった。訳を話すと、「船から降りた時、教えた所でしょう」と幸子さんに言われた。よく考えてみると、その通り。なんとマヌケな自分と思うとおかしくなり、武志は笑ったのであった。

三人で港の建物の方へ行くと、入り口で妻が待っており、四人で待合室の中に入った。武志は用を足し落ち着きを取り戻していた。四人とも暇を持て余して、民芸品の人形のような品物が硝子のケースの中に飾ってあるのを見たり、建物内をウロウロしたり、外に出て時間潰しをしていると、客が少しずつ集まってきた。

武志は妻に「日本で待っている」と言い残し、時間がくると、武志も幸子さんも荷物を順番に男性の係の人に預けて、室内の奥へ入っていった。裏の税関で女性の検査員に、パスポートを手渡すと、検査員はパスポートを見て、武志をチラリと鋭い眼光で見て、チェックしたパスポートを返してくれた。そして許可が下り、通過。裏の広場に出た。幸子さんは簡単に許可が出ていたようだ。

税関を通った人たちは順次バスに乗り、港のフェリー乗り場へ。客はバスを降り、次々とタラップを上がっていった。

フェリーに乗り込むと、待っていた女性乗務員が部屋まで案内してくれた。幸子さんと二人で手荷物を部屋に置き、デッキまで戻ってみると、妻や兄さん、そしてたくさんの人々が岸壁に立ち、見送ってくれている。船に乗った人たちもデッキに出て岸壁の人々を見つめる。人それぞれの別離の心情であろう。

しばらくして出航である。兄さんと妻もこちらに向かって大きく手を振っている。武志の横の幸子さんも涙を流しながら大きく手を振っている。武志も手を振った。幸子さんは別れを惜しんで泣いていた。武志も胸がだんだんと熱くなった。他の人たちも大きく手を振っている。涙を流している人たちもいた。

船はゆっくりと岸壁を離れ始めた。誰も動かない。見送りの人たちが徐々に遠ざかっていって豆粒のようになった。他の人たちに少し遅れて、武志たち二人も部屋に戻った。幸子さんは悲しそうだったが、部屋に帰るといつもの彼女に戻っていた。気持ちの切り替えはさすがである。

午後二時過ぎ頃、武志はベッドで横になっていた。幸子さんもベッドで休んでいるようである。武志は妻のことを考えていた。同時に彼女の父親の胸中を思う。幸子さん曰く、妻の母親は、妻が幼少の頃他界し、妻は母親の顔を覚えていないという。父親はそれを不憫に思うと同時に、妻が末っ子なので一番気にかけていたと言っていた。そんな可愛い娘が日本に嫁入りとなると、どんな心情であろうかと思うと、武志は申し訳ない気もするのだった。

妻のことは、まだほとんど分からない。分かっているのは、一歳の子供がいて、妻が二十五歳で離婚歴があるというくらいで、その離婚の理由も詳しくは知らない。妻も武志のことが分からないはずである。分かっていることは、武志が独身で四十九歳だというだけであろう。幸子さんが武志のことをどのように話しているかである。武志の仕事や、家族のことは簡単には話しているだろうが、武志が中国で言葉が分からず困ったことや寂しい思いをしたのと同じように、妻は日本に来た時に感じるであろうと思うのだった。

日本語はもちろん、異文化なので一からの出発であると考えていると、部屋のドアをノックする音があった。ドアを開けると女性の乗務員が立っていた。日本語で、「今から船のデッキで、海難事故の訓練をするので、協力してほしい」と言って去った。武志は幸子さんに声をかけたが返事がなかった。眠っているのだろうと、一人で甲板に出た。

冷たい風が吹いていた。出口の十メートルくらい後ろの広場に十数人の乗客が集まっていた。武志もそこに加わると乗務員が救命胴衣を持ってきて、取り付け方の説明を始めた。中国語、英語、日本語の三カ国語で説明した。それが終わると、「ご協力ありがとうございました」と、簡単な説明で解散した。

海を見ると、泥濁り色の水と青色の海水が層になり、長く分かれている。中国に来る時に見た、黄河の濁流が出た所だ。今から湾を出て沖に向かうのだと思いながら部屋に戻った。

二日間の旅である。何もすることがなく一日が過ぎ、外は雨天で海は時化ていた。大きなフェリーではあるが少し揺れていた。それに伴い、武志は船酔いをした。

何時間かが経ち、もう日本の領海に帰ってきているのではないかと思った。やがて島らしきものが遠くに見え、そのうち陸が見えて、建物の明かりが見えてきた。九州である。しばらくして、北九州沖を通り過ぎて、関門海峡を通過し、瀬戸内海に入った。左側に山口県、広島県。やがて右側に四国が見え、海上を行き交う船を縫い、神戸へと近づいていく。

船の揺れは収まり、気分は楽になっていた。瀬戸大橋をくぐる。神戸港に着いたとのアナウンスが流れる。

武志も幸子さんと話をしながら荷物を片付けていると、女性の乗務員がノックをして入って来て、「出てください」と告げられた。そして部屋の後始末を終え、手荷物を持って部屋を出ると、隣の部屋に入っていた女性乗務員が部屋から出てきた。何か持っていて手が塞がっているため、女性乗務員は足でドアを蹴って閉めた。それを見ていた幸子さんが目を丸くして、武志の方を見た。「行儀が悪い」という仕草であった。

それから二人は笑いながら通路を通って、一階の待合室へ降りていく。他の客は待合室に集まっていた。

フェリーが岸壁に近づくと、誰からともなく日本語で話しだす。次々に日本語を話す人が増え、徐々に広がり、中国語を話す人が少なくなった。これには武志も驚いた。大部分の人が上手な日本語を話せるのだ。下船の合図を機に、皆日本人のようになり、船を順次降りていった。

武志もこれから先、どんな未来が待ち受けているか分からないが、日本で妻子を待つことの決意を胸に、幸子さんと一緒にフェリーを後にしたのである。

日本編

妻が日本にやって来る

二〇〇〇年の冬、一月のことである。中国から日本に嫁いで来ている義姉の幸子さんから武志に知らせが届いた。妻が夏頃来日するという。

武志は妻が来ると聞き、安堵した。彼女は日本での新たな生活を始めるため、中国の生活に終止符を打つので少し時間が欲しいとのことで、日本に来るのが遅れていたのだ。

武志の村は、高知県西部の四万十川中流に位置する自然豊かな西土佐村である。山の面積が九割を占める田舎だが、最近、四万十川の人気が出て、九州や関西はもとより、関東地方など県外ナンバーの自動車が非常に多く目立つようになっていた。村の人口は四千人足らずで地域柄、人々は温かく、人情味のある人が多い。産業といえば、自然の中での農林業や園芸が盛んであり、椎茸栽培もその一つである。

武志は三十歳までいろいろな仕事をしていたが、父の跡を継ぐため、農林業の仕事を始めていた。夏はブドウを少し栽培していたが、やめて園芸に切り替えていた。冬は椎茸栽培をしている。祖父の時代は、原木に鉈目傷を付け、椎茸菌がないので風などで飛んで来た胞子で椎茸栽培をしていたらしいが、今は椎茸の駒（タネ）があり、容易である。

ちょうど椎茸の時期でもあり、原木は愛媛県八幡浜市から仕入れている。前年の十一月上旬の頃から気温が下がり、山のクヌギやナラの木の葉が少し紅葉し始めて、水の上がりが止まった頃を見計らい、元切りしていた木を一メートルくらいに玉切りしていた。あとは玉切った原木を、仕込むハウスまで運送して、椎茸菌の駒を打ち込み、ハウス内に並べて一応仕込みは終わりである。椎茸に関しては、笠の開き加減を確認し、適期に収穫して乾燥機で乾燥させ、出荷するのみである。

高知のうすら寒い冬が過ぎると、ほっこりとぬくい春三月には、天気予報を見ながら、基盤整備事業で便利になった田んぼ十三アールに、たい肥をまき散らしながらトラクターで耕し、茄子を作付けする畝を作る。早く済めば茄子の苗を誘引する棚を作り、農協に注文していた茄子苗が五月初めに来るのを待って、植え付けるのである。

椎茸栽培や園芸もしかり、家族みんなで助け合いの作業である。父も母も七十歳を過ぎ、歳のせいか体力も勢いも衰えてきている。村内に嫁いでいる武志の実の姉夫婦が時々手伝いに来てくれるので助かっている。姉は勝ち気な性格だが反面優しさがあり、旦那もお人好しで、頼りがいのある人と慕われているようである。

五月に入り、空は青く、周りの山々の草木に新芽が芽吹き、柔らかい若葉にそよ風が少し吹いている日だった。親子三人で茄子苗をほ場に作付けしていると、「早く植えた方が活着が良い」と実の姉夫婦が来て、慣れた手つきで手際よく、千本くらいの苗を次々と植えてくれる。三日以上かかるところ、二日間で済み、武志はほっとした。あとは苗が根付くまで水の管理が大事で、気を付けているとそんな折、幸子さんが訪ねて来た。
「妹と子供が七月の中旬に、日本に来られそうだ」という。どうやら船で来るらしい。武志が、「まだ水稲栽培が残っているが、彼女と子供が来日するまでには、何とか目鼻が付くだろう」と言うと、幸子さんが、「妹たちの来る日にちと、時間が分かればまた知らせるから」と言う。そして、「田植えをする日が決まれば教えて。私、田植えしたことがあるから手伝ってあげる」と言って帰っていった。

それから一週間が経ち、五月二十日に水稲栽培に取りかかった。先月、トラクターで、レンゲの花が満開に咲いている水田を荒起こして、枯らしていた田んぼに水路から水を引き、荒代かきをしていた。そして一週間以上休ませて本代かきをして、三日間くらい日にちを置き、田泥が落ち着くのを待って田植えをしている。

一応、農業機械を使用して作業を行うが、山間地のため、狭い田が多く、時間がかかるのが欠点である。

武志の水田の面積は三十アールと少なく、ほとんどの作業は一人で十分であり、苗の植え直しは幸子さんが来て手伝ってくれた。その時、「妹が七月十八日の午後に、来日することが決まった」と教えてくれた。

武志は人から受託作業を頼まれると、代かきや田植えなどの仕事を引き受け、農作業をしている。六月上旬には田植えも終わる。この時期から梅雨入りし、蒸し暑く、ぐずついた天気が続くが、うっとうしい農繁期が過ぎれば、一段落し、少し落ち着いてくる。

七月に入れば誘引していた茄子の収穫が始まる。露地栽培なので雨が降ったり、やんだりの天気の中での作業だ。やがて梅雨も上がり、太陽が徐々に照り付けて陽炎が立ち、夏の土用には茹だるような暑さになる。


武志は兵庫県の神戸港第四埠頭へ、妻と子供を迎えに行く予定だ。武志の実の姉夫婦と幸子さん夫婦が、お供をしてくれるということになった。

そうなると、武志の五人乗りの自動車では小さく、従姉の息子の八人乗りワンボックスカーを借りることに決めた。従姉は武志の父方の親戚で、家が近く、幼い頃から姉弟のような付き合いで育った間柄である。

神戸へ行く前日の夜は、なぜか眠れなかった。そして当日五時半頃、涼気の中、四人が集まってくれたので安心したが、武志は少し緊張していた。朝早くから気の毒ではあるが、運転は実の姉の夫に頼んだ。兄貴は園芸とバスの運転手をしている兼業農家である。それから忘れ物がないかチェックをして神戸へ向けて出発した。

八カ月前に中国に行った時は、高速バス宇和島自動車で愛媛県回りの松山自動車道を利用して、瀬戸大橋経由であったが、今度は高知回りで行くことにした。

大正町までは道路が一車線で狭く時間がかかるが、大正町からは片側一車線の所もある。天気も良く、走りやすくはあるものの、七時間くらいの長い車の旅である。車中では退屈なのか雑談をしている。服装も飾ることなく、みんなバラバラであった。

国道三八一号線から、窪川町で国道五十六号線に移行し、伊野町へと向かって走っている。伊野町まで来ると高知自動車専用道路に入り、高知市を通り抜け、徳島県の大鳴門橋に向け、ただ走るだけである。

高知自動車道は山の中腹を貫き、片側一車線で、トンネルが多いと感じた。愛媛県川之江市（当時。現在は四国中央市）の分岐まで来ると、瀬戸大橋方面とはお別れでもあり、四線の自動車道が合流する所でもある。

近くに建物が少なく、静かな所だが、車の量は増えていた。外の天気は晴れで車窓から見る景色は綺麗だ。所々にサービスエリアもあるが、休まず徳島自動車道を走行した。疲れてないか兄貴に声をかけたが、あまり疲れた様子ではなかった。やがて徳島県内に入り、時計を見ると九時半を指していたが、車はそのまま鳴門に向かう。

遠くに人家や建物がたくさん見え始め、だんだんと近づいていては、また遠のいていく。もう鳴門市の街が近くなってきているが、このまま淡路島まで休まず行くつもりのようである。しばらく走ると鳴門の渦潮までやって来た。数台の自動車が左寄りに停車して渦潮を眺めていたようだが、武志たちはその横を通り抜け、淡路島に行き、南のパーキングエリアで休憩を取った。

三十分ほど休んで、出掛けることにした。自動車専用道路に戻り、明石海峡大橋を通り、垂水で国道二号線に下りた。そして二号線を走り、ポートアイランド第四埠頭に着いたのは、ちょうど正午であった。

ターミナルビルの横にある駐車場に車を止めて、五人でターミナルの中へ入っていった。一階のロビーは人の気配がなくシーンとしていた。武志と幸子さんは来たことがあるが、あとの三人は初めてなので広い室内を物珍しそうに見学していた。

少し休んでから、中国からのフェリー燕京《ヤンジン》号が入港するまで時間があるので、どうしようかと話し合う。ポートアイランドに環状線の電車が走っているから後学のために乗ってみようということになった。兄貴と二人で近くの駅から乗ってみた。一両編成ではあったが時間帯が早いのか、一周する間に乗り降りする客は三、四人で、静かなものだった。

武志たちがターミナルに戻ると、三人は待ちくたびれた様子で一階のロビーの椅子に座り込んでいた。

そのうち見知らぬ人たちが、四人ほど室内に入って来た。ロビーの玄関前には客待ちであろうか、タクシーが三台停車している。もうフェリーは着いているらしい。二階の方から入国検査を受けた客が、次々と下りてくる。最後の方に妻が大きなトランクを引きながら、子供と一緒に出て来た。幸子さんがすぐに駆け寄ると、妻は安堵の表情を浮かべた。

幸子さんは彼女に中国語で何か言葉をかけ、その後、他の三人を紹介した。皆で温かい視線で迎え入れ、車で帰ることにした。帰りも兄貴に運転を頼み、車をビルの玄関前に着けてもらった。妻の荷物を車の後ろの方に積み、あとは自由に席に座り帰路に就いた。

途中で「自動車道に入る前に腹ごしらえをしよう」とレストランを探し、店の中に入り、それぞれ自分の欲しい食べ物を注文した。幸子さんが、妻に何か中国語で話をしていたが、妻は食欲がないらしく、「子供に何か食べ物を」ということで、子供が好きそうな食べ物を頼んだ。

今日、子供と出会ってからは静かでおとなしい。

（どうしてかな？　どこか悪いのかな？　中国で会った時は、元気があり、目が輝いていたように思えたのだが……）と武志は心配になった。そして妻が子供に食べ物を食べさせていた時に吐いてしまい、皆大慌てしたのであった。大事に至らないようで少し安心したが、食事を済ませて店を出た。

垂水から神戸淡路鳴門自動車道に入り、淡路島を通過して徳島県から、愛媛県川之江市に向かっていた。皆疲れが出たのか静かだったが、時々幸子さんと妻が中国語で言葉を交わしていた。子供はまだ二歳なので疲れたのであろう、妻の膝の上で静かに寝ているようである。武志も正直なところ、どう話をしたらいいのか分からず、二人の姉妹の間に入っていけなかった。

車は愛媛県の川之江市の分岐まで帰ってきたが、時計は午後五時を指していた。「今度は愛媛回りで帰ろう」と松山自動車道に入り、松山方面に向けて片側二車線をしばらく走行した。

松山市を通り抜ける頃には暮れ方になっていた。武志は自宅に着くのは午後八時くらいになるだろうと思った。兄貴は「夜道に日は暮れん」とマイペースの運転である。松山自動車道終点の大洲市まで帰り、そこから国道五十六号線に下り、宇和町から山越で三間町に着き、そして我が村に向かい、八時過ぎに自宅にやっと戻ったのである。

子供は一度起きていたが、また寝ていたので抱いて部屋に寝かせ、兄姉にお礼を言って解散した。幸子さんは妻が心配なのか、残って中国語でいろいろと教えてくれているようだ。そして「今日は時間が遅いからまた来るね」とそそくさと帰っていった。

結婚生活が始まった

幸子さんに妻や子供のことをいくつか頼まれたのだが、とにかく高知へ行き、入国管理局で入国の手続きをし、在留許可を申請し、村では書類を提出し、登録証明書を作成してもらわないといけない。

それと同時に妻と子供の日本名を村に申請した。公的には使えないが、村内では一般的に使えるということであった。

妻は日本名を「桜」とし、子供は「天心」とした。妻とコミュニケーションを取るにはジェスチャーや漢字で理解しあうしかないと思った。

翌日十時頃、幸子さんが妻の好みそうな食べ物と子供にお菓子を持って来た。姉妹二人が中国語で話しながら子供を交えて楽しそうにしている。私はどんなものが好物か見ていた。すると幸子さんが、「私が日本に来た時に困ったことがあった。それは女性にとっては必要なもので、男の人には言いにくいもの」と言ったので、私はすぐに分かり、後でコッソリ妻の財布の中にお金を少し入れておいた。武志と一緒に買い物に行ってもいいし、幸子さんに連れて行ってもらってもいいと思った。

幸子さんは中国の運転免許証を持っていたので、すぐに日本の免許証を取り直して、愛媛県の冷凍食品の会社に勤めていた。だから姉妹がいつでも会えるというわけではないのである。

武志も茄子の仕事があり、父と二人で収穫し、その他の作業もしている。母は収穫した茄子をタオルで綺麗に拭き、選別もしてくれていた。また、武志には別に仕事以外の仕え（地域の役目）があったりと忙しいが、なるべく妻に寄り添っていこうと思っていた。

しかし、来日一週間くらいで、妻は何か腹が立つことができたようで、武志に向かって怒りだした。武志は訳が分からず、幸子さんに夕方電話をかけた。会社から帰って来ていたらしく、すぐに来てくれた。

そして中国語で妻と会話をして、武志に訳を話してくれた。嫁姑問題の一つであった。

武志と妻と子供の三人の家とは別に、父母は別棟で生活を始めていた。

生活を分けてかかわりを減らし、嫁が気を遣わず済むようにしてくれたのだが、それを逆に嫌がらせを受けているように思っているようだ。幸子さんが説得して、一応、落ち着いた雰囲気になったが、これから先どうなることか、と武志は不安でもあった。

その後、不安が的中したのである。妻は気が強く、気にいらないことがあると、鋭い眼光で睨み、すぐに「中国に帰る」と言って突っかかってくるのである。荷物をまとめ、港まで連れて行け、と言わんばかりに威張って怒っている。少し静かになるのを待って、漢字とジェスチャーと日本語を交えて気長に説明すると、落ち着いてくるようである。気持ちも考えもストレートにぶつけてくるので、受ける方も大変である。「気長に、気長に。何があっても気長に」とアドバイスをしてくれたのは、幸子さんの義理の母親であった。幸子さんも暇さえあれば来て、妻の話し相手になってくれている。

天心の方は元気で、あっちこっちと歩き回り、目が離せない状態だ。妻も天心が気になり、つられて付いいて行く。近くの小川に行っては小石を拾って来るので、石に興味があるのかと思っていたが、中国の家の近くでは、石が全然見当たらないことを思い出した。天心にとっては石が珍しいのであったのだ。

来日一カ月が経った八月のことである。保育所の園長先生から天心を入園させてみないかと連絡をもらった。妻と何とか意思疎通をして入園することに決めたのであった。

必要な手続きをして、保育所で必要な物を買い揃え、九月からの入所に間に合わせた。時間帯は、土曜日は午前中。日曜日、祝祭日はお休みで、他の曜日は午前八時から午後四時まで。居残り保育は一応五時までということであった。

自宅から保育所までの距離は二キロメートルくらいあるので、徒歩では時間がかかり少し遠い。妻は中国の自動車免許証しか持っていないから、日本の免許を習得するまで武志が子供の送迎をすることになる。

妻は天心が非常に可愛くてたまらないようである。武志と天心が一緒に遊んでいて、彼女が目を離したような時に、泣き声が少しでも聞こえると、武志は何もしていないのにとんで来て、分かりにくい日本語と中国語で問い詰めてくる。そんなわけで、天心のことには非常に気を遣う。

もう少し信用してくれてもよさそうなのに……。天心を一日保育所に預けていることができるだろうか、武志は心配である。

妻は、日本に来た日から、「人の話を聞く時は、集中して聞いていたので、来日して三日目くらいから、日本語を話すことはできないが聞こえたことの意味は、少しずつ分かってきた」と言った。

「もう悪口は言えないね」と、ジェスチャーを交えて言うと、少し笑みを浮かべた。

来日して一カ月になるのだが、いろいろとまだ分かりにくい片言の日本語を喋っているだけで、九月に入り子供は保育所に預けていても、妻は自宅で寝たり起きたりの日々である。

武志も中国に行った時、そんな気分になったので、妻の気持ちがよく分かる。だが、少しずつ日本の生活に慣れ、日本の風習、村の習慣、そして文化の違いを理解して、未来に向かって歩いてもらいたいと武志は願った。

武志も、妻の意に添えないことがしばしばあるので大口は叩けない。天心の送迎に、武志の都合が悪くなり少し遅れたりすると、激怒して妻が歩いて迎えに行ったり、何も食べず寝てしまうことがある。武志が悪いのは分かっているのだが、困ったものだと思い、こっそりと天心を呼び、「ママ食べて」と食べ物を持っていかせると、子供に負けて食べている。

やっと取れた日本の自動車免許

とにかく妻に免許を取らせないと、いろいろと不便で生活に支障が出る。

九月半ばになり、一週間に一度、妻を伊野町の免許センターに通わせた。

武志は妻の試験日に合わせて、茄子の作業の合い間に、自動車で免許センターまで送迎である。当日、妻を送り、一階の受付の室に入り、免許の申請をした。

試験は午後からであった。妻の免許は技能試験のみであるが、ペーパードライバー並みの腕前で練習が必要である。彼女が車の練習をする時、武志が助手席でいろいろと指導をするのだが、Sカーブやトランクで脱輪したり、安全確認ができなかったりと悩ませてくれる。

少し練習すると勘が戻ったようなので、「一度試験を受けてみて、不合格なら試験官に悪い箇所を注意してもらうから」と、試験を受けさせたのだが、見事に落ちてしまった。

彼女自身が一番分かっているはずであり、結果は予想できていたので、何も言わずに帰ってきた。

一週間が経ち、午後の試験に十分間に合うように妻を試験場まで送っていった。受付で技能試験をオートマチック車に切り替えてもらい、彼女を自由にして、本人の習得の仕方に任せ、少し離れた場所から様子を見守ることにした。

外国から日本に来て同じ試験を受ける女性が二人いた。一人は同じ中国人で妻より若干若く見えたが、妻とその人の話が弾んでいるようである。

武志が近寄っていくと、もう一人の外国人女性の母親が、日本語で武志に話しかけてきた。アジア系だったので日本人かと思ったが、アメリカ国籍でハワイ在住ということだった。

娘が日本に来ることになったので、日本の自動車の免許を取得させることにしたと言っていた。娘さんも妻と同じ年ごろに見えた。三人は一緒に歩きながら試験のコースを回って覚えているようであった。

妻はこの時も不合格なので、次週に持ち越しである。

次の試験当日は、午前九時頃に家を出て送っていった。日本のことがまだ分からないため、問題を起こすといけないので近くで様子を見ることにした。

免許センターの部屋の椅子に腰かけて休んでいると、しばらくして一人の若い男性が妻に近づき、何か話しかけていた。

妻は片言の通じにくい日本語で答えているようである。その時、教官と名乗る七十歳くらいの男が入って来た。見覚えがある顔で、武志が大型二種を取得する時、何度か会った気がする。

教官は、近くにいた若い男女二人に金額を示し、「合格するまで何回でも、教えてやる。大事な箇所がいくつかある。そこをきちんと乗らなければ合格はしない」と言った。だが相手にされず、妻の方に視線を向けた。妻が何か言うとすぐに、「中国人は駄目だ。ペーパードライバーで一番教えにくい」と決めつける。

妻がまた話すと、「分からん。何を言っているのかさっぱり分からん」と吐き捨てるような言い方である。これには近くにいた武志も気に障ったが、妻と話をしていた男性がすぐに妻の味方になった。

「僕には分かる、彼女の言ってることが、ハッキリ分かる」と教官に抗議すると、教官は「わしには分からん」と言い残して出て行った。

その後は何事もなかったような雰囲気に戻ったので、武志は安堵した。

男性はその後、妻の後ろに付いて回っていたが、アメリカから来た女性の母親に何か聞いたようだった。男性は武志の方を少し見つめてから、妻の前からプッツリと姿を消してしまった。夫がいると分かっての行動だろう。

その日も試験は不合格で、「私は運動神経がないから、落ちてしまう」としょげていた。

武志は妻に「気長に取ればいい」と、柄にもなく慰めながら家路に向かっていた。

一週間後、幸子さんから連絡があった。

「私は免許を取得するのに、汽車を利用した」と言い、「妹も汽車で通うようにしなさい。私が行き方を教えてあげる」と、一度妻を連れて免許センターまで往復してくれた。

それからしばらく妻は一人で通い、八回目くらいにやっと合格した。その日は嬉しそうに、軽やかに帰ってきたのであった。妻は目標を一つ達成したのである。

妻の交通事故

中古車でオートマチックの軽四輪車を買い、妻は車に慣れながら公道を走ることにした。

免許を取って三週間が過ぎた頃、妻は幸子さんに誘われ、同じ冷凍食品の会社に入社することに決めた。子供の送迎を調整しながら勤めることにしたのである。最初の頃は何もかも珍しいようで、時々会社のことを武志に話してくれた。

ちょうどその時期、十二月に入り、武志と父は愛媛県八幡浜市で、二十年近く付き合いのあるミカン農家の清水さんに仲介してもらい、クヌギの木を元切りしていた。清水さんというと、時代劇の「森の石松」が浮かんでくる。義侠心があり人が良いのである。

八幡浜市辺りは海が近く、天気の良い日は山の上から九州がうっすらと見える時があるようで、丘から見下ろすと、宇和島から八幡浜、九州と行き来するフェリーが見える。

見渡す限りミカンの段々畑で、所々にクヌギや雑木の山が見える。ミカン畑は今が収穫最盛期に入ったようである。

武志も父も今月の末か、来年一月からクヌギを玉切りして、二時間半くらいかけて三月頃までに、トラックでハウスまで運ばなければいけないと段取りをしている時、清水さんがやって来て言う。

「山主さんが入院したので、ミカンを全部収穫できなくなった」

武志が作業をしている下の早生ミカンについて、「取らないで捨てるようだ。嫁さんの息抜きになるだろうから、ミカンを取りに来さしないや」と言ってくれた。

妻に話すと、幸子さんの運転で一緒にミカン狩りに来ることになった。

日曜日にミカンを二十キログラムほど入れるキャリー三個ずつ持って、天心を連れ、武志の軽四輪トラックに付いて来た。ミカン畑を縫うような道である。武志が作業をするちょうど下まで道路はあった。

妻たちにミカンの場所を教えると、すぐにミカン狩りを始めた。

半日かからずに持っていったキャリー分は取り終えていたが、ミカンはまだどっさり残っている。幸子さんの荷物は幸子さんの車に積んで、妻の荷物は武志の車の荷台に積んだ。

妻と天心と幸子さんの三人は、丘の見晴らしの良い所でしばらく遊んでいたが、先に帰ると言って帰っていった。

武志と父も、自分たちの仕事に一区切りが付き、少し早いが帰ることにした。

季節は冬の寒い朝のことである。妻は普段通り天心を連れ、自宅を出た。その後、電話があった。

「奥さんが国道三八一号線の高知と愛媛の県境から松野町寄りで、事故を起こしたが、命に別状はない」と通りがかりの、近くに住む知人の女性からの連絡だった。

慌てて行ってみると、妻は額に大きなこぶができ、呆然と立っていた。

「大丈夫か」と声をかけると、「大丈夫よ」とほっとする返事が返ってきた。すると現場検証をしていた愛媛県の警察の方が近づいてきて、事故の状況を説明してくれた。路面が凍っていたので、ブレーキもハンドル操作も効かなくなり、丘の擁壁に突き当たってしまったのではないかということであった。

自動車のフロントはぺしゃんこだが、他の人には害を及ぼしていないので、自損事故で処理されたのであった。車は近くで土木作業をしている人が通りがかり、国道の車両通行帯の白線から外に出してくれていた。自動車は後日業者に処理してもらうことにして、お世話になった人たちに、お礼を言って別れたのである。

その後、妻に、頭を打ったのだから一度病院で診てもらっておこうと誘ったが、大丈夫だと聞き入れなかった。そして数日後に事故車の方は業者にお願いして廃車にしてもらい、それから前と同じような、オートマチック自動車を購入したのである。

二〇〇二年二月、妻も少し落ち着いた雰囲気なので、日本での婚姻届を出し、入籍してみるかと、役場で用紙をもらって二人の名前を書き、二人の印鑑を押し、十五日に提出した。

これで日本での婚姻が成立したが、天心の入籍は無理であった。中国の養子縁組みの許可は出ているが、父親本人の承諾書が必要で、それがない場合には、子供が十八歳になるまで待って、自分の意思で養子縁組みができるとのことであった。そして正式に二人の名前を日本名に変更した。村の役場にはすでに申請してあったのだが、改めて妻が桜、子供を天心とした。公文書には不可であるが、一般的なことには使用ができる。子供の場合、学校生活が少しは便利になるのではないか、と武志は思う。

まだ三歳の子供ではあるが、武志のことを「パパ」と呼ぶことに疑問を持っているようだと妻が武志に言った。それで妻は、考えた。そして、「パパは中国に来ていて、天心が生まれてまだ小さい頃、日本に帰ったの」と、天心に言い聞かせたのである。天心は素直で、それを信じ、「パパ」と呼ぶようになった。

一緒に暮らしていると、少しずつ情が移っていくのが武志自身にも分かったが、まだぎこちなく、借りてきたパパであった。

そして地域の人たちは中国から来た妻を温かく迎え入れた。二人のために村落の人たちや友人、そして親戚の人が前途を祝して宴を催してくれたのである。この頃には妻は会社を辞めていた。

妻の妊娠と家出

さらに二カ月が経ち、五月の中旬頃、妻の生理がないということで宇和島の個人病院、山下産婦人科に車で診察に行った。すると「三カ月です、おめでとうございます」と言われたと妻はしょげて出てきた。帰宅途中に「私は産みたくない、天心一人でいい」と言い始めた。

妻は、本当は子供好きなはずである。本当のところは分からないが、武志の子供ができると、武志が天心を邪険に扱うのではないかと思ったのかもしれない。

その日の午後二時頃、妻は荷物をまとめ、子供と一緒に車で出て行ってしまった。武志はそれに気付き、すぐに軽四トラックで後を追った。帰国となると宇和島経由である。帰国の仕方は妻に教えていたのだが、妻は方向音痴で宇和島に何度連れて行っても、武志が助手席に乗っていないと運転できないので悩みの種でもあった。この時は、それが幸いした。すぐに捕まえられるのではないかと武志は考えたのだ。

少し急いで走っていると、宇和島の手前で追いついた。

妻に来たことを知らせ、武志は道路の左側に車を寄せ、停車した。すると妻も左側に寄せ、停車した。交通量の少ない時間帯なのか、車は疎らであった。

空は曇り空で気持ちが滅入りそうだが、話を聞いてみないと分からない。妻の片言の日本語は、「中国は一人っ子政策で中絶は簡単、だから帰る」と聞こえた。「分かった、帰そう」と言ってUターンした。いったん受け入れて帰宅し、安心させようと武志は思った。帰路に就き、バックミラーで見ると、同じ車種の車が付いてきているので、妻だとばかり思っていたが、谷口の分岐で別れてしまい、他の車だったことが分かった。もう少し注意を払っていればと、武志は後悔したのである。

季節は五月で、日は大分伸びてはいるが、夜になると探しにくいので何とか明るいうちにと、幸子さんに連絡を取り、仕事が終わり次第、一緒に探してもらうことにした。

武志は五時になるのを待って、幸子さんの家に行き、訳を話して、二人で宇和島に向かった。

途中も妻がいないか注意をしながら車を走らせ、宇和島に着くと夕暮れ時になった。JRの駅前からあちこちと探しながら、高速バス宇和島自動車の駅に向かった。

そして駅内を探したが見当たらない。客は誰もいなかった。駅員に尋ねたが、「見かけない」と言われ、夜十時頃まで待っていたが、妻は現れず、今日は神戸行きの高速バスがもうないし、次は一週間先と途方にくれ、警察に頼むことにした。

暗闇の中、宇和島警察署に行き、事情と状況を話すと捜索を快く引き受けてもらえて、ひと安心。

「宇和警察署（現在の西予警察署）と鬼北署（現在は交番）はこちらで手配しておく

から、高知県の方は自分で届けて」と、「もし見つからないようであれば、もっと範囲を広げるから」と言われ、お願いしてから武志は帰宅した。

その夜、午後十二時頃、電話のベルが鳴り響き、すぐに電話口に出ると宇和島警察署からであった。

妻が見つかり、迎えに来てほしいが、武志に対して非常に怒っているので、「ご主人は来ない方がいい」との知らせだった。

妻は子供と二人で旅館に宿を取ったが、部屋で「中国に帰りたい」と泣いているのを、仲居さんが見つけて、警察に通報をして、宇和島警察署が保護しているとのことだった。

武志は幸子さんに電話をすると、警察署から彼女のところにも連絡があったという。「もう迎えに行くところ。主人と二人で行くから心配しないで。妹を連れて帰って来ても、私の家に泊めるから」と言うと電話を切った。武志は何もすることがなく、妻の心中があまり分からず床に着いた。

あくる日の夕方、幸子さんが、妻と子供を連れて帰ってきたが、妻は何も話さなかったし、武志も何も言えなかった。

しばらくして幸子さんが口を開いた。二人の空気を読んでいたのかもしれない。

「妹は少し疲れているようなので、休ませてやって。武志君、我慢して。そのうち、武志君の良さが分かってくるから、あまり喧嘩はしないでね」と、言い残し帰っていった。幸子さんたちには昨日から迷惑のかけ通しであり、そして妻の方はホームシックにかかっているのではないかと思った。

武志と妻の会話は少なく、必要なことだけしか喋らなかったので、空気が重くなりかけていたが、天心が武志と妻の手を握り、握手をさせようと笑顔を見せた。それから少しずつ会話が増え始め、妻は宇和島に行った時のことを話し始めた。

「私は駅にいたが、武志は私に気付かず、車で前を通り過ぎるのを見ていた」と「武志が中国に帰らそうと言った意味がよく分からず、勝手に帰っていったから怒った」ということであった。

もう一つは、宇和島自動車の駅まで行って駅員に妻が尋ねた時、「高速バスに空席があり、乗車できる」との返事だったにもかかわらず、「中国に帰ろうと思えば帰れるのだが、高速バスに乗らなかった」と言い、武志の頭は混乱した。

妻は山下産婦人科で二度ほど定期検診を受けてから、また中絶したいと言い始めた。医師からは「どっちかに決めて。予定日が近づくと、中絶ができなくなるから」と言われていたが、子供は天からの授かりもの。簡単に中絶はできないと思い、決断を出せないでいた。

診察に行くと、診察室で妻が泣いているようであった。すると医師が私の所へ来て、「今回は出産は無理。次回にしたらいい」と言った。武志は中絶の承諾書と費用を持っていくことにしたのである。

手術の予約日に病院に向かっていると、妻は武志にとっては変なことを言い出したのである。

「これで日本との関係がなくなり、私も安心して帰国ができる」と言うのである。一体どういうことなのか、武志には真意が計りかねた。武志は振り回されているようだと思った。

「もう好きにしたらいい、中国でもどこへでも行ったらいい」と、自宅に引き返した。途中で幸子さんに出会い、話は彼女の耳にも入り、幸子さんも武志の家までやって来て、三人の話し合いである。

姉妹が中国語で話をして、大体の状況が分かったようで、幸子さんが武志に説明をした。

日本に来て日が浅く、子供は欲しいが、出産には不安で抵抗があるようだ。武志にも「子供が欲しいでしょう?」と、幸子さんが聞いた。

武志は素直に「欲しい」と答えた。


出産を決めて、山下産婦人科に行ったのは、数日経ってからであった。

病院では、出産の方向で予定を組んでくれた。看護師さんたちの態度が武志に対して変わっていた。以前は対応が良かったのだが、出産を武志が無理強いしていると思われたのか、今は取っつきにくい冷たい視線である。

それから妻は人が変わったようになり、怒ることなく、物静かに武志の仕事を手伝う。それが武志には逆に無気味にさえ思えたが、日に日に悪阻がひどくなり、可哀想でもあった。

妻の診察日には必ず、武志が付き添った。赤ちゃんはお腹の中で順調に成長をしている、と医者が様子を知らせてくれた。


数カ月が過ぎ、出産の予定日が近づく。病院に行くと、妻はそのまま入院となり、武志は必要な物を買い揃えて持っていった。

予定日の夕方、天心を連れて病院に行き、病室に入ると、天心は乳幼児から少年に変わっているような様子を見せた。兄になることを自覚していたのかもしれない。

しばらく妻と話をしていたが、六時頃になり薄暗くなった。

「天心に何かご飯を食べさせてほしい」と妻がきつく言い、武志は天心を近くの食堂に連れて行く。

「何がいい?」と尋ねると「カレーライス」と答えた。カレーを二つ頼み、少し待っていると注文のカレーが出てきた。子供に合わせてゆっくりと食事を済ませ、二人で病院に帰ると、妻はもう分娩室に入っていた。

しばらく分娩室の前で落ち着かない気持ちで待っていると「おぎゃう」と泣き声が聞こえた。何分かしてから看護師さんが分娩室から出てくると、そっけなく「おめでとうございます、男の子です」と言う。分娩室に入れてもらい、二〇〇二年十二月に誕生した赤ん坊と対面したのであった。赤ん坊は二千七百グラムくらいで、小さいモミジの葉のような手をしっかり握りしめ、何かを訴えるように泣いていた。

夜も更けて午後十一時近くになっている。妻は天心のことが気になっているようで、「私のことはいいから、連れて帰って寝かせて」と言われ、武志は連れて帰ることにした。

それから数日が経ち、妻も落ち着いてきているようだったので、武志は仕事を休み、父母を連れて愛媛県のお寺へお参りに行った。帰りに妻の好きなハンバーガーを買い、病院に寄り、手渡して喜んでもらおうと思っていると、父母を連れてきたと妻は激怒する。抱いていた赤ん坊を落とさんばかりであった。

しばらく甲高い声で怒っていたが、武志が何も言えず黙っていると、赤ん坊を寝かせ、「私もう寝る」と言って、看護室にインターホンで睡眠薬を頼んだ。間もなくドアにノックがあり、看護師さんが薬を持って入って来るとすぐに「ここに置きます」と、台の上に置いてそそくさと出て行った。

大きな声で怒っていたので、外部に筒抜けではないかと思ったが、ここにいると妻の気に障るだけと思った武志たちは、黙って静かに帰っていった。

あくる日、恐る恐る妻の病院に行くと、看護師さんたちの態度が変わり、親切丁寧になっていた。武志が妻に激しく怒られているのを看護師さんが知り、同情したのかもしれない。

妻の部屋に行くと、診察のためか部屋にはいない。赤ん坊はすやすやと寝ていた。

ハンバーガーはどうしたのかと思い、室内を探したが、ゴミ箱にもなかった。もしやと思い部屋の外を見ると、裏庭に放り投げられていた。裏庭に出て、バラバラのハンバーガーを拾い、黙ってしまい込んだ。

数分後、妻は部屋に入って来たが素知らぬ顔なので、武志は妻の様子を窺いながら赤ん坊を見ていた。彼女に「必要な物や用件がないか」と尋ねたが、返事がないので武志は黙って病室を出た。

数日後、山下産婦人科から退院日を知らせる電話があった。

赤ん坊は黄疸に罹り、しばし退院が遅れるという。十二月二十一日でかまわないかと言うので、二日後の午前中に行くことにした。

退院の日は晴れるといいなと思っていると、天に通じたのか当日は晴れていたが、武志の心は少し曇っていた。妻の機嫌が直っていないのである。

入院の支払いを済ませて荷物などを車に積み込み、待っていると、妻が赤ん坊を抱いて出て来た。その後、お医者さんや看護師さんたちが出て来て、温かく見送ってくれた。お礼を言い、別れると、我が家に向かったのである。

自宅に着くと気が緩んだが気を取り直し、自分を叱咤し、頑張れと言い聞かせた。そして五日後に妻と役場に行き、元気に天を翔けろという意味で、「翔」と命名したのであった。

村では過疎と少子化が進んでいる。「子供の声が聞こえてこないので寂しい」という近所の人の言葉が耳に入っていたこともあり、子供の誕生は歓迎された。天心も皆のお世話になっているのであった。

妻は病院から帰ると、神経質になって、また、父母との関係もうまくいかない。武志も全面的に父母が良いとは思っていないが、妻は父母に「何か悪さをされている」と言う。それとなく訳を話すと父母は、「そんなことしてないし、悪い感情も持ってない」と言う。武志はしばらく様子を見ることにしたのである。

妻は幸子さんの家に行き、いろいろ話しているようだ。普段の幸子さんの話は筋が通っているのだが、ある日、妻と二人で武志に「父母は先がないが、妻は今から先何十年も一緒の生活をするので、どちらが大事か、よく考えてみて」と圧力をかけてきた。

妻は子供ができたので強くなったのかもしれない。幸子さんが帰っていった後、妻は、

「父母はそれぞれ一人だけであり代わりはいないが、妻の代わりはいくらでもいる。だから私を殺さないで、中国に帰して」と、恐ろしいようなことを言い出したのである。

武志は心が痛み、「よし今年は中国に里帰りしよう」と言った。

中国への里帰り

師走に入ると気分は忙しいが仕事は手が空いてくる。天心も保育所の年長さんにな

り、四月になると小学校に入学をするので、簡単に休むことができにくくなる。赤ん坊もお医者さんに、一歳になるので大丈夫だろうと、許可をもらった。

武志は中国の姉さんに三年経ったらまた来ますと里帰りを約束していたこともあり、「中国に家族で里帰りする」と妻に宣言したのであった。

妻は苦しくなると中国に電話をしていたようで、妻は養母から、「あんたは小さい頃から自由に育ったから、日本での生活は無理、中国に帰っておいで」と言われたと言った。

妻は「私は、養母はあまり好きではない、うるさいから」と言い、「亡き養父と亡きおばあちゃんは、大好きであった」と幼い頃のことを思い出し、しみじみと語った。

それからは、妻の愚痴が大分減り、翔を見ながらではあるが、武志の仕事を手伝ってくれるようになったのである。

武志は十月の稲刈りの仕事の手が少し空いた日に、翔のパスポートが必要になるので、中村市（当時、現在は四万十市）の幡多事務所に行き、赤ん坊のパスポートを申請した。小さい子は顔が変わるということで、一番期間の短い申請であった。

十一月に入り、仕事の合間に中国渡航に向けて準備を進めながら、妻は里帰りを幸子さんにも勧めていた。

中国滞在は一週間と短いので、「中国へ帰った時どうするか考えてみて」と言うと、妻は「あれを食べる、これを食べる」と食べ物の話ばかりである。幸子さんも一緒に行くことになり、武志は神戸のフェリー会社の事務所に電話を入れ、大人三人子供二人で、十二月第一火曜日に特Aで予約した。そして宇和島自動車に行き、高速バスを、宇和島から神戸行きでフェリー予約前日の午後十時発の四人全員の乗車券を買った。赤ん坊は抱いて乗れば無料ということであった。渡航の二日前には荷物の確認をし、当日はくつろいで出発できるようにと備えたのである。

当日の午後八時になると子供を急がせ、寒くないように着せて、従姉の息子に武志たち親子四人と幸子さんを宇和島まで送ってもらうことにしていた。暗闇の中を親子四人で車に乗せてもらい、宇和島に向かった。

途中で幸子さんを乗せた。妻は翔を抱いて嬉しそうだ。天心は逆のようであった。来日三年だが中国のことを忘れたのか、何も話さなかったし興味も示さなかった。幸子さんは静かに乗っていた。暗闇の中を一時間ほど走ると宇和島に着き、宇和島自動車のターミナルにみんなと荷物を下ろした。そして従姉の息子にお礼を言うと、彼は我が家に向けて帰っていった。

駅の待合室に入ると武志たちを除いては誰もいない。

時折一人か二人が入ってきては出て行く。やがて午後九時四十分頃になると、乗客が次から次へと待合室に入って客室は賑やかになった。そして高速バスが駅内に入ってくると、皆、荷物を持ち、バスに近寄っていく。荷物を運転手に渡し、乗車券と引き換えに座席の番号をもらって、それぞれ自分の席に座った。

武志たちの席はバスの後ろの方だった。家族四人が近くになるように取り計らってくれていた。座席が空いているので赤ん坊のために、自由に使ってもいいと許可をもらってもいた。そして幸子さんの席は少し離れていた。

武志はいつもなら外出時、少しは不安を感じるのだが、今回の中国行きは何も感じないばかりか、心にゆとりがあり、どんなことでも任せておけと自信が湧いてくるようで、不思議であった。

午後十時になり前回同様アナウンスがあり、高速バスは神戸三宮に向けて、暗闇の中を静かに走りだした。

途中、宇和駅に寄り、そして瀬戸大橋経由で三宮駅に向かう。

車中は薄暗く静かで、エンジンの音だけが耳に付いた。武志は皆と同様リクライニングを倒してもたれていると、リズミカルなエンジンの音に誘われ、いつの間にかぐっすり眠っていた。

気が付いたのは三宮駅の手前で、妻に起こされた時であった。慌てて降りる準備をして、寒くないように身支度をし、赤ん坊の翔を抱き抱えて、午前五時頃、三宮駅に降りた。

前回と比べると大分気温が高いようで暖かく感じた。まだ外は暗く、駅の近くで食堂を見かけなかったこともあり、子供を連れ回ることを避けるため、おにぎりの弁当を持参していた。

駅前の街灯の下で、少し寒いが子供は風の子で、天心は一人遊びをしていた。やがて暁になると若い人、新聞配達や牛乳配りの人と、自転車などが目に付き始め、お年寄りも増え、車も増え、駅前は賑やかになっていた。

雨の心配はないが、少し曇っていた。慌ててフェリー乗り場に行っても待ち時間が長いだけである。赤ん坊を抱いて時間潰しに、歩道橋を行ったり来たりと歩いてみたが得るものはなかった。地下街をゆっくりと歩いてみたが同じであり、荷物の見張りが一番大変である。

そして正午になった。五人でタクシーを拾い、荷物をトランクに積み、「第四埠頭へ」と運転手に伝えると、すぐに連れて行ってもらった。

ターミナルビルの玄関前に着くと、子供を抱いての行動だから不便でもあるが、気持ちに張りが出てくる。荷物は手分けして持ち、ゆっくりとロビーに入り、子供を抱いたまま椅子にドッカと座った。

しばし待っていると事務所が開き、乗船券を購入することができ、出港を待つだけになった。

他の客も徐々に集まり、賑やかになってきていた。妻は翔をあやしながら幸子さんと室内を歩き、中国語で何か話していた。

天心はいつもの通り一人遊びである。やがて二時の乗船時間になった。客は荷物を持ち、ぞろぞろと二階の方へ上がっていく。武志たちも同じように付いていき、税関の室内に入ると、次々と検査を受けて通過した。

武志たちもパスポートを提示すると「旅行ですか?」と聞かれる。「里帰りです」と答えるとすぐに許可が下りた。それから手荷物だけ持って通路を通り、乗船したのである。

フェリーの入り口には女性の乗務員が出迎えていたので、乗船券を渡すと部屋に案内してもらった。船室は船底で後ろの方なので、前に使用した部屋とは月とスッポンのような気がした。薄暗く、エンジンの音はうるさく、四人部屋ではあるが窓がなく、特Aとは設備も少し違っていた。

ドアをよく見るとこの部屋は、特Bと出ているではないか、間違った部屋に案内されたのだ。

幸子さんは「この部屋でいい」と言ったが、武志は納得がいかない。妻も同様なので、乗務員を呼んで説明を聞いたところ、何も言わず帰っていき、しばらくして、また部屋に来た。

「中国語で部屋を替えると言っている」と妻が言うので、翔を抱いて手荷物を持ち、乗務員に付いて行くと、間違いなく特Aの部屋であった。日本であれば謝罪の言葉があるはずであるが、それがなく残念でもあった。

部屋に入ってみると、夜から昼に変わったように気分が良くなっていた。皆、手荷物を部屋に置き、ベッドの上に座ったり横になったりと、くつろいだ。

部屋の窓から外を見ると、景色が少しずつ変わってきている。いつの間にか出航し、港から離れていっているようである。

訪中前、武志は中国へと気持ちを切り替えていたが、中国のことは分からず、妻に任せていた。もしやと思い、幸子さんに確かめてみると、案の定、中国の兄さんとは意思疎通ができなくて、迎えに来る日が分からないと言う。

その後、幸子さんが中国の兄さんに連絡を入れ直し、到着時に迎えに来てくれることになった。幸子さんはお父さんの家に宿を取り、武志の家族は妻の里に、お世話になるようにしていた。

武志は、今回の旅はなぜか楽しみな気がしていた。天心は一時間もしないうちに部屋から出たり入ったりと忙しい。船内の大人と仲良しになり、「友達できた」と言っては戻る。武志は心配になり、そっと様子を見ていた。

翔は一歳になり、よちよち歩きでおぼつかないが、船内では妻がほとんど世話をしていて、幸子さんも手伝ってくれていた。

夕方になり、姉妹二人が誘い合い、子供を連れて大浴場に降りていった。武志はその間に部屋のシャワーで済ませ、ベッドの上で横になっていると四人が帰ってきた。幸子さんも妻も風呂上がりのせいか良い顔をしている。

しばらく雑談していたが夕食の時間となったので、武志が赤ん坊の翔を抱き、みんなと一緒に食堂に入った。六割くらいの客がいたが、妻が気を利かして食べ物を見繕い、取ってくれた。そして夕食が終わり部屋に帰り、それぞれがベッドに入り眠りについた。

二日後、天津港到着のアナウンスがあり、武志は赤ん坊を抱き、姉さんも妻も手荷物を持ち、天心を連れて一階の出口のロビーに集まった。

他の客も次から次と集まってきたが、中国語が一番耳についた。それからアナウンスの合図で下船し、バスに乗り、五分くらいで税関に着き、言われるままの指示に従い、パスポートを出し、流れに乗っての入国であった。

大きな荷物は検査が済み、次の部屋に移されていて、トランクなど荷物を持ち、外に出てみると、あいにくの曇り空。肌寒く感じながら周りを見ていると、前と同じでお兄さんが迎えに来てくれていた。

挨拶もそこそこにタクシーに五人が乗り込み、実家に向かったのである。

タクシーは箱バンタイプで、荷物はなるべく後ろの方に詰めて積み、運転手の横はお兄さん、中の席は幸子さんと妻が座り、赤ん坊は妻が抱いた。後ろの席は武志が座り、横に天心が座った。中国では乗車定員が決まっていないのかもしれないが、少し窮屈であった。

今度の道順は前とは違っており、しばらく走っていると、幸子さんが「お腹空かない？」と言ってから、お兄さんと中国語で何か話を始めた。

三十分くらい走ると小さな町があった。食堂らしい所で止まり、お兄さんがすぐに店に入り、それから入って来いと合図があった。

妻は赤ん坊を抱いて、私は天心を連れて食堂に入ると、日本語は駄目と幸子さんや妻から小さな声で言われ、天心にも注意をしていたが、時々日本語が飛び出し、幸子さんと妻は大慌てで、喋った日本語を中国語に置き換えようと、しどろもどろであった。

武志はおかしさを我慢していたが、店の人は知ってか知らずか、素知らぬ顔であった。

食べ終わると勘定を支払い、タクシーに戻ると、また実家に向けて出発した。今度は武志が妻に代わって赤ん坊を抱くことにした。何時間か走った頃、外は真っ暗になり、寒さも増していた。赤ん坊は武志の腕の中で、天心は座席に凭《もた》れて、どうやら眠っているようだ。

タクシーは里の近くまで来ていた。幸子さんの泊まるお父さんの家は、妻と同じ村内で近くだと言う。

武志が以前お世話になったお兄さんは、別の村に住み、車で三十分の距離だと言った。間もなく妻の実家に着き、警笛を鳴らすと暗闇の中に、養母が出迎えに来てくれたのである。目を覚ました子供を降ろし、荷物を下ろすと、幸子さんとお兄さんは夜道を帰っていった。

時計は午後九時になっていたが、妻の養母に迎え入れられ、挨拶すると彼女が部屋に案内してくれた。部屋に入るとストーブが焚かれて、大きなベッドに布団が敷かれて、いつでも就寝できるように取り計らってくれていた。

養母は可愛い孫に何か言って手を差し伸べたが、天心は完全に忘れているらしく、怯えた顔をしていた。武志はハッとした。天心にもう少しおばあちゃんの話をしておくべきだったと後悔していた。

妻は積もる話があるようで、しばらく養母と中国語でお喋りをしていた。子供たちをベッドに寝かせて、その横で武志はうたたねしていると、それに気付いた養母は、部屋から出て行ってくれた。

あくる朝はぐっすり寝ていたらしく、目覚めたのは午前八時頃であった。

武志はトイレに行き、部屋に戻って来ると、妻と子供たちは起きて、養母が石炭と小枝を持って来て、ストーブに火を熾《おこ》すところであった。

武志は言葉が分からず黙っていると、妻が「朝食を食べるか」と聞いたので、「食べる」と返事をした。少し固めのパンとおかずを持って来てくれた。武志は美味しく食べたが、天心は口に合わないようで食べなかった。翔はほとんどミルクだ。時折、軟らかい食べ物を与えていた。

食事が済み、少し時間が経った頃、養母の姉さんが現れた。時々養母の話し相手になりに来ると言う。妻が家を出て日本に嫁いだので、養母が独りぼっちになり、可哀想というわけであった。

しばらくすると今度は、妻の実の姉で三女と四女の、二人の姉さんが訪ねてきた。そして紹介され、妻の実の姉妹には全員顔合わせできたのである。

その後、妻の女友達が三人ほど来て、時々こちらに視線を向け、妻と中国語で喋っていた。武志は妻と歳の差があり、品定めされているようで武志は気になっていた。以前、妻が、日本に来る前に友達に、「日本人は怖い、日本に行ったら何されるか分からない」と、脅されていたと言っていた。妻は「日本人の中には、良い人もいる」と答えてやったという。

後で妻に聞いてみると、「当たり前。ここには日本人が来たことがないので、見に来るのだ」と言う。前にもそんなことを聞いた覚えがあった。

二日目になり、天気は晴れであったが、風が少し吹いていた。

妻は亡父の墓参りに行く。「一緒に行くか」と言うので、武志が「行くよ」と答えると、従妹も一緒に行くと言う。待っていると、若い従妹二人が二五〇ＣＣくらいのオートバイに乗り、ジーパン姿でヘルメットを被り、二人乗りでやって来た。ヘルメットを外すと長い黒髪が、肩から下にパラリと垂れるようになっていた。二人とも美人であり、姉は二十五歳で結婚していたが、妹は二十三歳で、独身であった。

赤ん坊の翔は養母が面倒を見ていてくれるので、武志たちも墓は近いということもあり、五人が畑の間を縫うように歩いて行くと、墓地にたどり着いた。

墓碑はなく、墓標は土を盛っていた。お供え物は紙を紙幣の大きさに何枚も切ったものだ。燃やしてお供えすると、天国の父親にお金を送ることができ、何不自由なく暮らせるという意味だ。

今日は少し風があり、紙に火が点きにくい。やっと点いてお供えすると、燃えながら、麦畑の中をひらひら飛んでいった。周りを見ると燃えるものは何もなく、火災の心配はなかった。妻、従姉妹、武志とお参りして、天心にもお参りを教えて、させた。

そして元来た道を戻っていき、家に帰ると、妻と従姉妹はしばし中国語でお喋りをしていたが、早々と帰っていった。

後で妻が「従妹が『日本に行きたい』と言うので、『日本に来たところで、良いことは何もない』と来るのを止めた」と言っていた。

武志は何も言うことがなく、黙っていた。

そして次の日、幸子さんが訪ねて来て、「今日三時からお父さんの家に集まるから、武志が来ないと妹が来ないので、きっと来て」と言い残して帰っていった。

父親との仲が悪いと言うより、妻が嫌っていただけである。武志はお父さんの家が分からず、早めに妻にお父さんの家に行くことを伝えると、妻の反応がなかったが、一緒に行ってくれるつもりのようであった。

時間が近づき、曇り空で寒い中を私が翔を抱き、妻と天心と四人で父親宅に向かった。周りの様子を見ながら歩いていると、思ったより早く着いた。

父の家は大きく広く感じられた。長男の兄さんは日本の高知に留学しているので、次男の兄さんが跡取りということであった。そして三男の兄さんも来ていたので、妻の実の兄弟姉妹、全員に会うことができた。お父さんも初対面だったが、物静かで落ち着いた人柄で、温厚な印象であった。

子供たちは姉さんたちに任せて歓迎会になっていた。家には家の仕来たりがあり、お父さんを中心に右手にお客さん、左手に長男が座るという。そしてコップにビールを注がれ、飲むとまた注がれ、日本と同じような飲み方でカンペイと言うと、コップの中身を飲み干さないといけないのが、少し堪えた。

中国語が駄目なので、武志の近くに幸子さんと妻がいて通訳をしてくれた。

「中国の人は、アルコール度数の高いお酒を飲んでいる人は強いが、酔いが回ってくると、外の風に当たって酔いが醒めると、また中に入ってきて飲み直す」と言っていた。

武志もご馳走になり、酔いが回ってきたので、妻に帰ることを告げると、妻もその気になり、子供を連れて、夕方の寒さの中を家路に向かった。酔いを醒ましながら歩いて帰った。

帰る途中、武志は日本を発つ前に妻が言った言葉を思い出していた。一つは中国に行った時、別れた夫が「天心を奪い返しに来るのではないか」と心配していたこと。武志が「大丈夫だ」と言うと、こんな会話があった。

「刃物を持って来るかも」

「大丈夫」

「怖くないの」

「何も悪いことしてないのに、怯えてどうするんだ」

妻は何も言わなくなった。

もう一つは、「中国に帰ったら、あれも食べるこれも食べる」と、食べ物のことばかり言っていたが、実際来てみると、何一つ食べようとしないのである。気が強いようでいて、普通の女の子かもしれない。

そしてやっと自宅に着き、明日の段取りである。日本に帰る前の買い物に行くことにした。武志が、「親に小遣いをもらっているので、何かお土産を」と言うと、妻は急に怒りだした。武志は慌てて、「何も買わない、何も言わない」と言ったが、だんだんひどくなり、「日本には帰らない。一人で帰って」の一点張りである。

日本にいた時から、中国に帰りたいと言っていたので、ここにいる方が幸せかもしれないと武志は思う。

「分かった、このままここにいたらいい、中国にいたらいい。俺は翔と一緒に日本に帰る。幸子姉さんにも訳を話すから」と言ってると、養母が二人の間の異変に気付き、妻と中国語で何か話をしていた。

養母はしきりに妻に話しかけていた。そして最後、妻は下を向いていた。日本であれば機嫌が直るまでには何週間もかかるのだが、ここでは、あくる日にはほとんど直っていた。

朝、タクシーが来て、養母も一緒に行くので、五人がタクシーに近寄っていくと、運転手が笑って手を振ったので、よく見ると、三年前の運転手であった。

武志も笑いながら会釈をして、妻と後部座席に座り、養母は運転席の横の助手席に座った。天心は武志の後ろに座り、翔は妻と武志で抱くことにした。朝は靄があり視界が悪いが、日中は晴れて、天気が良いようである。

タクシーは順調に走り、徳州市に十時半頃着いた。タクシーから降りると、養母と運転手が大きい声で何か言い合っている。武志は喧嘩かと思い、妻に聞いてみると喧嘩ではなく、交渉をしていると言うのである。武志は訳が分からず、妻に通訳してもらうと、「運転手がここまで、送ってくるだけで、後のことは知らないと言っているので、帰りのタクシーのことを決めている」という話であった。どうやら買い物が済む頃に、別のタクシーを呼ぶことで話がついたようである。

そして養母とは別行動で、二時間ほど経ったらこの場所で落ち合うことにした。

特に欲しい物はなく、街の中を四人で歩いていると、柱時計を大きくしたような置き時計が目に入った。店の中に入っていくと高さ百八十センチくらいあり、一カ月に一度程度巻くゼンマイ仕掛けで、本当か嘘かは分からないが、中国では一流メーカー製であるということだった。妻と相談して購入することにしたのだが、これが最後まで、邪魔になるとは思ってもみなかったのである。

約束の時間になり、落ち合う場所に行ってみると、養母の姿はまだ見えなかったが、しばらくすると大きな荷物をさげて戻ってきた。ちょうどその時、帰りのタクシーが近寄ってきて、荷物を積み込み、五人が乗ると、タクシーは家路に向かって走りだしたのである。


そして日本に帰る前日、養母が妻に提案した。

「せっかく中国に来たのだから、市場に連れて行ってみないか」と。

天心と一緒に妻に付いて行くと、妻の家から徒歩十分くらいに位置する直線の道路で、距離八十メートルくらいの道の両側に、出店がズラリと並び、陶器類、野菜、棗《なつめ》、レーズンなど日本では小袋で販売だが、十キロくらいの大袋から出して目方売りをしていた。

武志は妻に聞くと、安いが味はいまいちということであり、市は一日一日と場所を変えながら、一週間経つと元の場所に帰ってくると言う。客はごった返すほどではないが、かなり混んでいた。近くの人や遠方からの人も集まってきて、高知の日曜市のようである。

そんな折、道路の中央くらいの所だったが、店の品物を見ていると誰かが、前からドンとぶつかってきた。前を見ると小学校高学年くらいの少年が、昔の戦闘機乗りが被っていたような帽子を被り、全速力で人ごみの中へ、武志の方を振り返りながら走って消えてしまった。

武志は財布を持っていなかったので、妻に話すと、慌てて財布を確認していた。武志は、「まさか少年が」と言ったが、「中国にもいろいろな人がいるので気を付けないと」と答えた。

自宅では鍵をかけることもなかったので、妻が日本に来た頃、「大丈夫なの」と妻が聞いた。武志は、「大丈夫」と答えた。数カ月が経っても物がなくならないことに妻は驚いた様子で、「日本には泥棒はいないの」と言ったのを思い出していた。

そして、ある程度見て回ったので、家に帰ることにしたのである。

お父さんは、家の近くで妻が通るのを待っていたようで、妻に近づき、何か静かに話をしていた。妻は何も言わず黙って聞いていた。妻が父親に背を向けるように歩きだしたので、武志は父親に一礼すると妻の後を追った。振り返ると、父親は娘が心配なのか目を離さず、ずっと見ているようであった。武志は父親との関係を妻から聞いてはいたが、妻がもう少し大人になれば、うまくいくのではないかと思った。

その後、笑顔の似合う一番上のお姉さんが訪ねてきて、妻としばらく話をしていたようなので、武志は妻に、伝えてほしいと頼んだ。

「姉さんとの、三年経ったらまた来ます、という約束守ったよ」と。

すぐに、「じゃあ三年経ったら、また来て」と返事があり、「それは無理」と言うと、大笑いになった。

そうして姉さんが帰った後、日本に帰る準備をしていた時、妻が「お母さんが日本の母親にお土産を持って帰ってと言っている」と言った。ありがたいことだが、また父母のことで妻が怒りだすんじゃないかと思い、あとが怖いので黙っていた。

明日は帰国日。朝が早いので、今日は早く休むことにした。妻も家族に諭され、素直に帰り支度をした。

あくる朝、五時過ぎに兄さんと幸子さんが迎えに来てくれたが、荷物を積む時、幸子さんに、荷物が大きいと大目玉を食らったのである。

武志は自分が悪いと非を認めたが、荷物は小さくならなかった。何とか皆が乗り込み、養母に見送られ、暗闇の中を天津港に向かったのだが、車中が狭いのが気の毒であった。

前に来てから三年経つため、大分変わっているところもあった。道路が拡張され、舗装も新しくなり、自動車は少ないが、ガソリンスタンドは所々に設置され、自動車が大量に増えることを見越しての計画のようである。

天津港に近づくと車道の工事が進められているようであった。港に着くと荷物を下ろし、遅くなるといけないので、お兄さんには帰ってもらった。

荷物をロビーの中に置き、子供二人と玄関前の広場で遊んでいると、翔はふらふらしながらトコトコと歩き、危なっかしい足取りである。武志が翔を抱いて建物の方に戻ってくると、建物の横から海が見え、機関砲を積んだ巡視艇が停まっているのが見えた。

時間が来たのでロビーに入ると、大勢の客が集まっていて、荷物を係員に頼み、税関に向かった。

武志たちも五人いることを確認して、皆に付いて税関に向かった。武志は翔を抱き、妻に付いて部屋に入ると、女性検査員が順次検査をして、許可が下りた人から通り抜けていた。検査員の横には二人の女性が立っている。

妻は四人のパスポートを検査員に出すと、横の女性二人が武志の抱いている翔に向かって何かしら言ったので、妻に小さい声で「何と言っているの」と聞くと、「可愛い、かわいいと言っている」とのこと。武志は二人の女性に「謝謝」と言うと、検査員がパッと武志を見て、それから妻に「あなたの夫は中国語を話すのか」と聞いたそうで、「少々」と答えたと言う。

許可が下り、バスでフェリー乗り場へ行き、タラップを上がっていくと、女性乗務員が五人を部屋まで案内してくれた。

部屋の中でのんびりしていたが、フェリーが動きそうでないので、おかしいと思い、皆で話し合っていると、海が時化ているので欠航という。一日延びると言われ、幸子さんに頼み、日本にいる幸子さんの夫に電話をかけて、宇和島自動車にキャンセルをしてもらった。

幸子さんは今では日本人と変わらぬように会話ができるようになっていたが、妻はまだまだである。子供は早いもので、天心は、日本の子供と同じように話せる。

その天心は、来日した頃、保育所で習ったのか、よく「人は一人では生きてはいけない」と歌って、「友達友達」と言って遊んでいた。

そして武志に「ママには言わないで」と前置きし、「ママはあの先生を嫌いと言うけど、ぼくは好き」と自分の気持ちを素直にこっそり伝えてきた。武志は、その時の何とも言えない気持ちを思い出していた。

天心はジッとしているのが嫌なのか、部屋を出たり入ったりして遊んでいる。そして一日が経ち、海も静まり出航になったが、見送りの人は一人もいなかった。

今日から日本に向けて二日間の船旅であり、幸子さんも妻も退屈のようである。天心が部屋から出て長い時間帰ってこないと、武志は心配になり、様子を見に行った。若い中国人男性ともう一人の外国人が天心に何か話しかけていた。

武志に気付くと、日本語を勉強する本を片手に、分かりにくい日本語で「あなたは、この人のお父さんですか」と聞いてきたので、「はい、そうです」と答えると、天心を指さし、「この人、私の先生です。よろしくお願いします」と言って、就労目的で日本に行くことを話していた。

もう一人は若いアメリカ人男性で二人は仲良くなり、「天心」と呼ばれたり写真を撮ったりしていた。

フェリーは神戸に近づき、船旅が終わろうとしている。二人とも手を振り、別れの挨拶はバイバイと簡単である。

そして港が見えるとやっと、日本に帰ったと実感が湧いてきたのである。船が港に着くと、武志たち五人は荷物を持ち、他の乗客の後ろについて税関に向かい、部屋に入りパスポートを出すと、入国許可が下り、下のロビーに降りていった。

帰省のバスはキャンセルしたため、汽車で帰ることにしたのだが、荷物が大きいので困っていると、ちょうどフェリーの会社の部長さんが通りかかり、「今度取りに来るまで、荷物を預かってあげる」と言ってくれた。

倉庫に保管してもらい、タクシーで新幹線の駅に急いだ。駅で神戸から岡山までの切符を購入し、赤ん坊を抱き抱えて、乗り場に上がっていくと、すぐに新幹線がやって来た。

子供連れなので指定席も確保して、新幹線のぞみに乗る。自分たちの席を歩きながら探して座ったが、座るとすぐにのぞみは動き始めた。窓の外の景色が、だんだんと早く遠ざかっていく。車中の掲示板に速度三百キロと表示されていた。天心がすごく速いと喜んでいた。岡山まではすぐだと感じた。

急いで岡山駅に降りて、岡山から宇和島までの乗車券と、あまり混んではないと思ったが、指定席も購入した。

駅員に「時間がないので急いで」と言われ、翔を抱き、荷物を持って走るようにして行くと、どうにか間に合った。自分たちの席を探して座ると、汽車はもう動き始めていた。指定席はほぼ満員であるが、普通席は空席が目立っているようであった。

急行といえども新幹線と比べると雲泥の差である。松山駅までは、客はあまり下車しなかったが、松山駅から宇和島行きに乗り換え、宇和島方面に向かう客は半分くらいに減っていた。宇和島駅に到着したのは夕方になり、降りた客は二十人程度だった。

駅内に入ると静かだ。従姉の息子に前もって連絡していたので、迎えに来てくれているか見回すと、駅前に車が見えた。ホッとして近寄る。荷物を積んで武志たち四人と幸子さんが乗り込み、自動車は自分たちの村へ向けて走りだしたのである。

途中、幸子さんは駐車していた自分の車に乗り換えて自宅に帰り、武志たち四人も暗くなった夜道を我が家に送ってもらったのである。

被害妄想の始まり

それから、四カ月が経った。天心は小学校に入学し、翔は保育所に入所した。そして今度は妻が「帰化したい」と言うので、中村の法務局に連れて行くと、係の人から「今年から、ここでは帰化の取り扱いはしないので、高知市の法務局に行ってくれますか」とのこと。

「申請の資格があるかないかは、調べてあげる」と調べてくれた。「資格はあるが理由は?」と聞かれ、妻は「学校で苛めがあるから」と答えたのだ。

係の人が、「それは不純だ」と武志の方に聞いた。

武志が、「私の見る限りでは、そんなことはないように思える」と伝えると、「それは分からない。ご主人の知らない所で十分あり得る。他の学校でも例があるので、まずは学校に相談して、それが駄目なら教育委員会に、それでも駄目なら私の所に言ってきて。徹底的に指導しますので」と言われた。ほっとはしたが、内心、うちの子はわんぱく坊主で、いつも「女の子や弱い子を苛めたらイカン」と注意をしていたのであり、妻と武志では、子供の見方に差があったのである。

それから仕事の合間に高知の法務局に帰化申請のため、通い始めた。試験は三回程度で合格したが、中国の兄弟姉妹に迷惑をかけている。

公証書を頼みはしたが、頼み方が悪いのか、日本に届くのが二カ月ほどかかり、そのうえ、文章の書き方が少し悪いと指摘されるなど、書類を揃えるのが大変で、いつ、帰化ができるか、分からなかったのである。

そして十月頃、「天心が苛めに遭っている」と妻が武志に言ってきた。武志は天心にそれとなく聞いたが、何も問題はないように思えた。

「母親の取り越し苦労ではないか」と言ったが、「天心は苛められても、それを苛められたと思っていないの」と言う。

妻は天心を学校に通学させず、そして「先生が天心を苛めている」と言い始めた。

「校長先生の命令に従って苛めている。だから天心を学校に行かさないよう、休ませることにした」と言うのである。

武志は少し様子を見ようと思ったが、学校の方から連絡があり、「訳を聞きたい」ということで、学校に行くことにした。

校長と担任の先生が出迎えてくれて、話を始めた。武志も話しにくい気持ちであったが、本当のことを言うのが一番いいと思った。

「妻は情緒が不安定になっているようで」と前置きし、「校長先生の命令に従い、他の先生も一緒になって、天心を苛めていると妄想をして学校を休ませている」と言うと、先生も理解したようだった。

長く休んでいると勉強に支障をきたすので、担任の先生が週に二日程度、四十分くらいずつ、天心に勉強を教えに来てくれるということになり、ありがたかった。

二週間後、教育委員会から電話があり、「教育委員会の横の公民館まで、午後一時と午後四時に、天心の送迎ができないか」ということであった。教員の資格を持った職員がいるので、勉強を見てあげるという電話で、ありがたい話である。

妻は天心を転校させるか中国に連れて帰る、と言い始めた。次第にエスカレートし、「天心は、日本にいると殺される。中国に連れて帰る。高知の叔母さんの家まで天心と私を送っていって」の一点張りである。

高知の叔母さんというのは残留孤児で、妻の父親と小さい頃から一緒に育った仲で、帰化して高知に身を寄せていると言う。

「高知に行くと、叔母さんの下の娘さんが、中国まで飛行機で連れて行ってくれることになっている」と言うので、午後二時頃、幸子さんに電話をして、連れて行くことにしたのである。幸子さんは後から追いかけると言っていた。

妻を高知に連れて行く途中、窪川で車が止まっているのを見ると、「校長が待ち伏せしている」と思い込んでいるようで、完全に錯乱状態に陥っている。

そこに幸子さんが車で追いついたので、道路の左の広場に車を止め、幸子さんと少し話をしたが、そのまま高知に行くことにしたのである。

高知の叔母さんの家に着くまで妻は怯えていたが、叔母さんたちに温かく迎えてもらったことで、気持ちが少し落ち着いたに違いない。

叔母さんの娘さんは二人とも、日本語がペラペラである。皆でいろいろな話をした。武志は、二歳の翔がほったらかしにされているのが気になった。

一応、父母に「四時から五時までに保育所に迎えに行ってほしい。保母さんに連絡しておくから」と言い、「帰って来た時、何か食べさせてやって」と頼んではいたが気がかりだった。

午後五時頃から午後七時過ぎまで何の進展もなく、武志は翔が気になるので妻と天心のことを頼み、帰ろうとすると、皆に引き留められた。今まで中国語を多く使って話していたが引き留められてからは日本語が多くなった。皆で妻の考えを変えようとしていることが分かってきた。

武志は天心が三歳くらいの時のことを思い出した。一度、天心が武志に言ったのだ。

「パパ」

「うん、どうしたの？」

「ぼくね、ぼくね、ママが中国に帰るなら付いていく。ママが独りぼっちになり、可哀想だから」

「うん、大切にしてやって。天心は、男の子だから」

どうしてこんな時に思い出すんだと思うと、涙が出てきた。三年も一緒にいると、情が移り、涙もろくなった武志だった。


一晩泊まると、妻の人相は元に戻った。昨日部屋に入って来た時は、目がギラリと殺気立ち、怖かったと皆言っていたが、さすが叔母さんである。

お昼頃までのんびりしていたが、幸子さんと一緒に叔母さんの家を出ることにしたのである。

妻と天心を乗せて慌ててもいけないので、横浪半島を通り、ゆっくり帰ると夕方になっていた。その時妻は、「私が中国に帰ったらもう二度と、日本には来ないことを知っていたでしょう」と武志に言った。武志は「まあねぇ」と言葉を濁した。

家に帰ると、翔に手を差し出した。ところが翔は、こちらをチラッと見ただけで、近寄っても来なかった。父母に話を聞いてみると、「武志たちが帰らなかった日は、夜遅くまで起きて待っていたようだが、急に良い子になり、世話のかからない子で、すぐに寝付いた。親に捨てられたと思ったのではないか」ということであった。

しばらくいろいろとかまっていると、だんだんと、翔は機嫌が直ってきて、武志はほっとしたのである。

天心は転校の方向で教育委員会に申し込みをすることにして、妻は一応病院で診察を受けることにした。

次の日、精神科の病院に付き添いで行ってみると、統合失調症ではないかと言われた。どちらかと言えば女性に多い病気で、百人に一人くらいの割合で患者がいるという。検査をしてみなければはっきりしたことは言えないが、と医者は前置きして、「私も何百人もの患者を診てきたから、間違いない」と言う。そして検査をして薬をもらい、月に一度の通院が必要であると言われた。

冬場の仕事の椎茸栽培は、中国産椎茸に押され、価格が低迷し、収益が少ない。椎茸栽培をあきらめ、ハウス内で葉ワサビ栽培に切り替えていた。

冬が過ぎ、春が訪れた。二〇〇五年四月十日に、中村市と西土佐村が合併して、人口三万四千五百四十人の四万十市になった。

おめでたいことに、幸子さんが女の子を出産した。

天心も小学二年生になる区切りで転校し、四月からバスで通学することにしたのである。天心も大変だが仕方がない。

妻もだんだん良くなり普通の人と変わらぬようになっていたが、来日五年で、またホームシックにかかった。「どうしても中国に帰りたい」と言うので、妻に付いて病院に行った。訳を話すと、かかりつけの医師は不在で、代わりに院長先生に対応してもらえることとなった。

「一度帰国するのが一番の薬。飲み薬は一カ月分出しとくから」と言われた。

そして自分の昔のことを思い出したのか、「中国のどこ?」と聞くので「山東省です」

と答えると、
「私も昔軍医で、満洲に行っていたことがある。終戦になり満洲から汽車で山東省の青島に行ったことがあるが、今は昔とは大分変わっているだろう」と感慨深く話していた。武志は昔のことが分からないので黙っていた。

診察が終わり家に帰ると、中国は旧正月になると一カ月休むと言う。それに合わせて妻と天心は里帰りを計画した。

一月の中頃、日本を発つつもりのようで、神戸のフェリー会社に予約を入れた。帰る日を決めずに片道切符を購入することにして、宇和島自動車も同じく片道切符である。

当日、妻と天心を午後八時頃、夜道を車で宇和島自動車ターミナルまで送っていった。翔も一緒に連れて行き、午後九時過ぎに着いた。

午後十時までにはまだ時間があるが、翔がついて行きたいと言い出すと困るので、妻と天心二人に「気を付けて」と注意して、武志は翔と一緒に暗闇の中を家に帰ってきた。

父子二人の生活

今日から武志と翔の生活が始まった。

朝八時頃、翔を保育所に送り、帰って自分の仕事をして、午後五時頃、翔の迎えに行く。毎日がこれの繰り返しだ。

一番困ることは食事だった。野菜をどう子供に食べさせるか、頭が痛い。

スーパーマーケットでいろいろと見ていると、野菜ジュースが目に留まり、三種類買って翔に飲ませて、好きな野菜ジュースを決めたのであった。

中国に行った妻との連絡は取れず、中国でどんな生活をしているか分からぬままであった。

幸子さんに会った時、武志は「桜には、中国が良ければ、そのまま中国にいてもいいよ、と言っている」と打ち明けると、「妹は帰って来る、絶対帰って来る」と自信ありげに答えた。

保育所では保母さんに、「翔君はママが恋しくなったのではないか」と言われていた。

そして一カ月が経ち、幸子さんから武志に、妻が帰る日を伝えてきたという電話があった。「神戸まで迎えに来て」ということであった。

すぐに宇和島自動車に予約を取って、妻たちの帰って来る前日、翔と二人で宇和島自動車の駅に行って乗車券を購入し、一度帰り、午後八時過ぎに二人で暗闇の中を宇和島に向かった。

九時過ぎにバス停に着いた。宇和島自動車の駐車場ができているので、駐車の許可をもらい、車を止めてから待合室に入ると、今日も誰もいなかった。

午後十時近くになると、手荷物を持ち、客が集まってきた。

武志は荷物がなく手ぶらである。乗車券と引き換えに乗車番号をもらい、翔とバスに乗ると、前の方であったが、今日は二人分の席を確保できた。

三歳の翔を席に座らせ、リクライニングを倒して毛布を掛け、眠れるようにした。

横の席に武志も座り、同じようにして休んでいると、今から出発すると車内アナウンスがあり、車中の明かりが消え、薄暗くなった。

翔は武志の方へ手を伸ばしていたが席を降り、武志の膝の上に来た。長い間抱いていると疲れてきて、席に戻そうとするが駄目であった。仕方なく抱いていくことにした。

バスはスムーズに走っていて、聞こえるのはエンジンの音だけである。

途中で運転手も交代して瀬戸大橋も渡ったようで、もうしばらくの辛抱だと思い、まだかまだかと思っていると、三宮駅に着き、翔を抱いて下車した。

バスから降りた人は武志たち以外にも二人いた。客を降ろすとバスは大阪の梅田に向かって走り去っていった。そして一緒に降りた二人の客は、街灯の下を向こうへ、歩いて消えていった。

武志は翔とふざけながら、夜が明けるのを待ったのだが、こんな時は時間が経つのが遅いのである。

やがて夜が明け、人や車の往来も増えてきた。

翔はあまり朝食を食べないのでパンとジュースを買い、休憩所で食べて、タクシーで第四埠頭に向かった。港に着くと建物の周りを歩いたりしていたが、フェリーの待合室に入っていくと、まだ時間も早く、静かでガランとしていた。

翔と椅子に座り、ぼんやり窓の外を見ながら、武志はいろいろなことを思い出していた。

妻には好きな男性がいて、何不自由なく暮らしていたが、養女にもらわれていたため、養父母に恩があるので養父母の勧める男と結婚した。そして天心が生まれたが、天心は敗血症に罹り、夫婦は離婚。頼りの養父も死亡して、どん底に落ちてしまい、実の父親にお金を融通してと頼んだが、融通してもらえず、村の人たちに少しずつお金を出してもらい、天心は助かったと喜んでいた。

「幸子姉ちゃんは、小さい頃から親戚を盥回《たらい》しにされ、一番苦労している。実のお父さんは幸子姉ちゃんにはいろいろ買ってあげているのに、私には何もしてくれない」と嘆いていたこともある。

武志は「父親にはそれなりの訳があるのではないか」と言ったことを思い出していたが、ふと気が付くと翔が席を立ち、外に出て行こうとしているので、慌てて止めて、部屋の中に入れたのである。

時計を見ると正午を過ぎていて、四人ほど人が入ってきた。武志は、自分と同じ迎えの人かと思っていると、十分くらい経ってタクシーが玄関前にやって来た。フェリーが着いていたのである。

しばらくするとフェリーの客たちが、二階の方から次から次と下りてきて、その後に続いて妻と天心が、ニコニコしながら下りてきた。すぐに玄関前のタクシーを押さえ、四人は新幹線駅に急いだ。荷物は少し多いが、二年前と同じ汽車を利用して帰ることにしたのである。

三人目の子供

数日後、武志は時期が来たので茄子の栽培に取りかかった。妻が自分も仕事がしたいと、一人でししとう百本を植えると言い出した。仕事に関しては、ししとう栽培の先輩に聞いたり、農協の指導を受けたりと意欲的であった。

それから平穏な日々が続き、妻と父母との関係は以前と比べると、少しは良くなっているようだった。

二〇一〇年の夏、市立宇和島病院で妻が妊娠しているのが分かり、武志は妻に中絶を勧めたが拒絶され、最後は「自分の子を殺すの」と言われ、何も言えなくなり、妻の意に添うことにしたのである。

精神科の医師からは子供を出産するのであれば、薬を休まないといけない、病気の遺伝については、兄ちゃん（翔のこと）と同じと思えば良いと言われ、薬は服用しなくても通院はするようにと言われた。

妻は精神科の医師の指示には従わなかったが、市立宇和島病院の産婦人科には定期的に通院していた。

お腹の子は順調に育ち、子供たちは元気に小学校に通学していた。父は元気だが、母は少し気力が弱っていた。妻には無理をするなと言いながら、秋の忙しい稲刈りの時期を迎えていた。

稲刈りは天気に左右されるので、できるだけ早く刈り終えなければならない。これが済めば少しは楽になるのだが、その後、葉ワサビの植え付けが始まる。妻のししとうは収穫が減り、葉ワサビの植え付けは妻が手伝ってくれる。そして茄子の収穫も終わり、お正月が来ると、一年があっという間に経っている。

冬が過ぎ、春が来て出産が近づき、無事に生まれることを祈る。今度の子は悪阻が軽かった分だけ楽なようである。

予定日に合わせ、必要な物を買い揃え、さらしが要ると言うので、スーパーの女性店員さんに聞いてみると、妊婦のお腹にさらしを巻いて、胎児が大きくならないようにして、楽に出産してから、大きく育てるということであった。「小さく産んで大きく育てよ」の諺どおりである。

予定日になり、陣痛が始まったので、急いで妻を市立病院に連れて行った。

病院に着くとすぐに分娩室に入ったので、武志は前の廊下で見ていると、一緒に中に入っていいと言われた。中に入ると、妻は台の上に寝かされ、うめき声を出していた。

看護師さんは四人程度いたようで、お医者さんも入ってきていた。

陣痛は周期的に来るのか、妻を見ると、額も顔も汗でびっしょりだ。看護師さんが時々汗を拭いていたが、まだ産気づかないと思ったのか、皆、部屋から出て行ってしまった。

その後、武志は妻の顔の汗をタオルで拭いていたが、看護師さんが入ってきたので後ろの隅に寄り、黙って立っていた。そのうち室内の空気が変わり、妻は息み始めていた。看護師さんがアドバイスをしているようであったが、「頑張って」と応援に代わっていた。

妻は何かと闘っているように思えた。そのうち赤ちゃんが産まれ、大きな産声を上げた。看護師さんたちが素早く後処理をしている。

妻は苦痛の顔から安堵の顔になり、赤ちゃんを抱かされると幸福の顔に変わっていた。武志は五体満足な赤ちゃんで、ホッとした気持ちであった。

しばらくして赤ちゃんは新生児室へ入れられ、妻は大部屋へ帰っていき、そして武志は我が家に帰った。

誕生は二〇一一年三月十五日である。

それから一週間が経ち、市立病院から退院の知らせがあった。妻は退院したのだが、赤ん坊が黄疸に罹り、二十五日、午後迎えに行くことになった。

そして当日、暖かい日差しの中、市立病院に向かった。

出産費用は四万十市から支払われるようになっていて、武志が荷物を持ち、妻が赤ん坊を抱いて、帰宅した。昴と名付けることにして、五日後、二人で市役所に届けに行ったのである。

ひどくなっていく病気

一年半くらいは何事もなく過ごしていたのだが、妻の様子が徐々に変わる。

「父母が盗聴器を取り付け、家の中の様子を窺い、昴を殺そうとしている。だからこの家には住めない」と、言い出したので、幸子さんに相談すると、「私の所へ寄こして。私が様子を見るから」と言ってくれた。そして、「子供も一緒に連れて来て。ここから学校に通わせることができるので」と言ってくれるので、しばらく子供たちを世話してもらうことにした。

病院の医師から「困った時は保健師さんに相談してみては」と言われていたので、相談してみると、保健師さんは薬を止めて二年以上も何もなかったことに驚いた様子であった。

妻が病院に行くことを非常に嫌っていることを伝えると、病院に通わせる方法を一緒に考えてくれたが、「強制的には病院に連れて行くことができない」と言われた。

数日が経ち、幸子さんが武志の所に来て、「妹に住宅を借りてやって」と言う。高知の叔母さんの娘さんからも電話があり、一度、家を離れて落ち着かせ、それから病院の話を進めてはということで、市営住宅を借りることに決めた。

西土佐総合支所に出向き、事情を話して手続きをし、入居可能になると、妻はすぐ荷物を運び、子供たちを連れて入居したのである。

その日の夕方、幸子さんの家に行って様子を聞くと、義理の兄さんは、「何も変わったところはない、普通と一緒」と答えたが、姉さんは、「いや、少しおかしい。家の外を気にして、誰かいるとか、盗聴しているとか、普通ではない」と言った。

このまま放っておいても、悪化するだけである。入院をするように他の人に頼めば、妻に恨まれるといけないので、身内の武志と幸子さんが騙して連れて行くことにしたのである。

武志は妻に、「桜が正常か、父が正常か、病院の先生に見てもらったら」と話を持ちかけると、すぐに乗ってきた。すぐに病院に電話をかけ、予約を取って、訳を話しておいた。

その日になり、予約の時間に武志は父を、姉さんは妻を連れて行った。待合室に入ると別々の場所に座り、妻はべらべら喋っていて、看護師さんに「静かに」と注意を受けた。しかし、その後も喋っていて、別の部屋に入れられ、「いつもは静かな桜さんがどうして？」と言われていた。

順番が来て診察室に入ると、先生にきつく注意を受けた。看護師さんに父と妻、どちらが正常か、先生に診察してもらえるよう頼んでいたことが先生に伝わっていないようで、武志は冷や汗ものであった。

父が先に見てもらい、その後、妻が診察を受けた。武志も妻に付き添った。妻は武志に言っていたことは何も言わないので、そのことを少し話すと、「私はそんなことは、言ってない」と妻は切り口上であった。

そして先生が「彼女の言うことは筋が通っている」と言う。

「私の言うことが嘘で、妻の方が本当と思いますか」と武志が聞くと、

「調べてみないと、分からない」と先生は言った。あとは何も話す必要がないと武志は思い、黙っていた。

武志が診察室から出て、妻だけが診察を受けている。そして幸子さんと武志が呼ばれ、診察室に入ると、妻を入院させるかどうか聞かれ、妻は帰りたいと言ったが、武志は幸子さんの判断に任せた。

幸子さんは入院させることを希望した。武志もそれに倣った。幸子さんには苦渋の

選択であっただろうと思う。妻は肩を落とし、こちらをチラリと睨み付け、観念したように振り向きもせず、看護師さんに付いていった。

後日、幸子さんが面会に行ったが、会ってくれなかったと、ぼやいていた。

幸子さんが一歳の昴と四年生の翔と中学二年生の天心三人を見るのは大変だろうと、「上の子二人を連れて来て。我が家にも一人娘がいるから、どうせ三人でも同じ」と言うので、その言葉に甘えることにしたのである。

武志は申し訳なく思っていた。

女性のことはあまり分からないので、入院に必要な物は幸子さんに頼み、買い揃えてもらい持っていったが、武志も同じで二回くらいは会ってくれなかった。

面会も三回目にもなるとようやく会ってはくれたが、妻はそっけない。そのうち離婚の話が出てきたが、「その話は退院してから」と言っておいた。

学校から、翔が熱を出したので迎えに来てほしいと電話があり、迎えに行った。そのまま病院に連れて行った。

「夏風邪であり、あまり心配をする必要はない」と言われ、ホッとしていると、翔が武志の家に帰りたいようなので、そのまま家に連れて帰ることにした。

そして幸子さんに電話をかけ、自分のところに連れて帰ったことを謝った。

それから三日くらいして幸子さんの家に用事があり一人で行くと、天心が武志の横に近寄ってきて離れなくなった。「どうした?」と言うと、目に涙をためていた。「帰りたいか?」と聞くと黙って頷き、幸子さんは天心の気持ちを察して、「やっぱり自分の家がいいの?」と聞いた。天心の目から涙がこぼれた。「よし帰ろう」と、天心を連れて我が家に帰ったのである。

疲れの限界

妻の病院の面会には、なるべく子供を連れて行くようにしていた。

この日は日曜日で、病院に翔と昴を連れて行き、三時頃、病院からの帰り道のことだった。

助手席にチャイルドシートの昴、その後ろの席に翔を乗せて、務田駅から一キロメートルくらい鬼北町寄りの所で、左側の歩道と車道の間のブロックに乗り上げ、事故を起こしてしまった。

子供たちの世話や仕事で疲れがたまり、寝不足のまま運転していたのだ。

武志はドンというショックで初めて事故を起こしたことに気付き、子供たちを見ると助手席の昴は泣いているだけで無事のようだが、後ろの翔は少し顔を打っているようだった。

武志はハンドルで胸を打ち、息ができにくい状態だったが、通りかかった人たちに救急車と警察に連絡をしてもらった。

車を見るとラジエーターはつぶれ、水は流れ出て、タイヤは裂けて、ホイールも変形していた。

そこにパトカーが来て、続いて救急車が到着した。

警察の事情聴取が少しあり、事故車の移動は警察の方で手配してもらい、救急車に乗った。初めての救急車である。サイレンを鳴らして市立宇和島病院に向かい、十五分くらいで着いた。外ドアを開けてもらい、救急医療室に入った。子供たちを診ながら武志も診てもらい、子供たちは異常なしで安心した。武志の胸はただの打撲だったが、人差し指は骨折していた。

治療が済み、病院の外に出ると、警察の方が待っていた。事故処理の書類を作成するためだ。

寝不足を認め、自分の不注意を認めて話をすると、自損事故で処理された。警察の方には「居眠り運転で相手に被害を与えたりすると、大変なことになる」と厳重注意を受けた。

そして三カ月が経った。妻のかかりつけの医師に呼ばれて、「妻の様子はどうか、気付いたことがあれば」と言われた。

「来た時とあまり変わりません」と答えると、「入院して良くなる人と、かえって悪くなる人もいるので」と言われ、ドキッとした。

しばらくして次に病院に行った時、また医師に呼ばれた。

「桜さんは薬を飲んでいない。血液検査をすれば反応が少しは出るはずだが何も出ない。看護師さんの目を盗み、薬をトイレかどこかに捨てているようだ。薬が駄目なら注射をしてみたいが、許可が必要だ」と言われ、許可を出したのである。


そして二カ月が経ち、妻は少し落ち着いているようであった。看護師さんから電話があり、

「桜さんの歯が悪くなり、かかりつけの歯科医院がいいと言うので、外出許可を出します。迎えに来てください」と言う。

歯科医院には予約を取っているようで、病院に行ってみると、妻は外出着に着替え待っていた。

武志は市役所に借りていた住宅を返したことを伝えると、妻は黙っていた。

看護師さんが、三日目の夕方には帰って来てと言う。

すぐに病院を出て、車を玄関に着け、妻を乗せた。欲しい物はないかと聞いたが、

ないようなので歯科医院に向かった。

予約の時間に行くとすぐに処置してもらい、そして我が家に向かう途中、保育所に寄り、昴を連れて帰った。妻も子供たちと一緒にいると時間が経つのが早いようで、何事もなく外泊三日目が終わり、病院に送っていった。

外泊中の家での生活態度を簡単に書いて病院に提出するようになっている。武志は家での妻の平穏な様子を書いて報告した。

それから一週間もしないうちに、退院の知らせがあった。退院の日はいつも天気が良かった。

病院に行くと、しばらく待たされたが、薬を用意して、通院の日取りを決めている。そして妻の荷物を車に運び、やっと帰れるようになったのである。

普通は三カ月で退院になるのだが、妻は薬を飲まないでいたので、六カ月かかった。

病室を出る時、妻は看護師さんに、「別れは辛いが、二度とここには戻って来ないで」と言われていた。妻がどう感じたのか疑問であるが、武志は良い意味に考えていた。

そして妻を連れて、我が家に帰ったのである。

苦悩の日々を乗り越えて

それからしばらくして、今度は母親が脳梗塞で倒れてしまった。診療所に連れて行くと即入院であった。一週間程度で一応治り、退院して三カ月くらいは、家でのんびりしていたが、また倒れてしまい、診療所に再入院したのだ。

日に日に、母の意識がなくなるのが分かった。診療所の先生には、「できる限りのことはする。最後まで面倒は見るから」と言ってもらい、父ともどもホッとしたのである。母の目は開いている。しかし、意識があるのか、ないのか分からず、何か喋りそうだが駄目であった。あとは死を待つだけのようである。

そして妻は病院に入院していた時とは違い、離婚の話はしなくなり、普通の生活に戻っていた。

ある日、妻が武志に話があると改まって言うので、何かと思っていると、中国から電話があり、天心の実の父親が仕事中に二階から転落して死亡したということだった。実の子は天心だけなので、申し出れば、保険金が手に入るということで、どうしたらいいか武志の意見を聞きたかったようである。

武志は「結婚する以前のことであり、私が言うことではないが、養育費は要らないと言っておきながら、お金だけもらって、後は知らない、では人としてあまり感心できないね。お金をもらうならば、向こうの母親を天心のおばあさんと認め、会いたい時は会わせてやるくらいはしないとね」と言うと、妻は何も言わなくなった。

武志は天心に何もかも話した。

「お父さんが本当の父親ではないことは知っていたか」

「知っていた。中国の父親のことは、何一つ覚えていない。だから死んでも何も感じないし、悲しくなんかない」

「中国が良ければ、帰ってもいいし、日本が良ければ日本にいてもいいんだぞ」

天心は、何の反応も見せない。

「このまま日本で、暮らすのがいいか?」

「うん」

これで、天心はずっと日本で生活をすることに決まったのである。

数カ月が過ぎた。妻が「薬は飲まない、病院にも行かない」と言い出した。理由を聞くと、

「私は正常で、姉さんと武志が無理に入院させたのだから、病院に行かない」と言うのであった。やはり恨まれていたのだ。

今までにも春になると情緒が不安定になるので心配していると、三月、天心の中学校卒業式の日に事件が起こった。

妻は武志と一緒に式に出席していたが、式が終わり、妻が「用事がある」と言うので武志は先に帰った。その後、天心が自転車で帰ってきた。

妻は夜になっても帰って来ない。天心に聞いてみると、中学校の駐車場にいたと言うので行ってみると、小学五年の翔と二歳の昴を車に乗せ、暗闇の駐車場にいたのである。

武志には事の成り行きが分からないので、ゆっくりと聞いてみると、男を待っていると言うのである。

「武志と別れて好きな男と一緒になるので、男が来るまで一歩も動かない」と言い張り、「子供は三人とも私が連れて行く」と頑張っている。

武志は天心が何か知っているかもしれないと思い、一度自宅に帰り、天心に聞いてみると、

「相手は奥さんもいて、最近赤ちゃんが生まれて可愛いからママには無理」と話していたと武志に告げた。

振り返ってみると思い当たることもあった。武志と妻は歳が離れているので、「妻ではなく、武志の養女に変えて」と妻が言っていたことを思い出した。

純粋なのか妄想と現実の区別が付かないのか、武志には分からないが、一応幸子さんに電話をかけた。すると「食べ物を持っていってやって」と言い、「私も後から行くから」と彼女は電話を切った。夜遅くで店が閉まっているため、家にある食べ物を持っていき、子供に食べさせた。

幸子さんがやって来て妻を説得していると、妻が、武志と幸子さんの仲を疑うような、いい加減なことを言い出した。幸子さんは逆切れしてしまい、「そんなこと言われると旦那に悪い。あんたら好きにしなさいや」と怒り、武志は幸子さんを宥《なだ》めたが帰っていってしまった。

武志はどうすることもできず、とりあえず、家に帰って、車の中の子供にかける毛布を取ってきた。自宅に戻ると午前二時になっていた。

あくる朝、駐車場に行ってみると、車は昨夜と同じそのままである。近寄っていくと子供は寒そうであり、子供に食事を与えるため、妻にお金を渡して、帰るように説得したが駄目であった。

何かあってからでは遅いと思い、警察に訳を話し、相談したが、警察からは、「何か事が起きてからは動けるが、何もしない人には何もできない」とのこと。

確かにと思い、「心配は無用のものである。心配して成り立つことはない」と、考えないようにして自宅に帰ったのである。

そして幸子さんに電話をかけると、彼女はまだ怒っていた。武志は「もう何も相談はしない。だから何があっても、怒らないようにして」と念を押して電話を切った。

その日の夕方、自宅に居る天心を連れに妻は二人の子供を車に乗せ自宅へ帰って来た。武志は隙を見て車のキーを抜き取ったのである。

警察からも、今の状態では運転は控えさせた方がいいだろうと助言をもらっていた。妻はキーがないのに気付き、武志に突っかかってきた。武志もキーを取られないように必死に抵抗し、取っ組み合いになった。すごい力である。衣類がビリビリと音を立てて裂けた。しばらく続いたが、ハアーハアーと二人とも息が切れた。妻が力を抜いたので、正直ほっとしたのである。取っ組み合いは収まり、そして自宅の中に入ると、二人の子供も家に入ってきた。

五年生の翔は、「もう嫌、昨日のように寒いのは絶対に嫌」と言っていた。よほど辛かったのであろう。

天心は妻の病気のことも、今の状況も分かっているので、あまり取り合わなかった。

その夜、天心は一人だけ別の部屋に寝に行った。翔と昴は武志の部屋で一緒に寝たが、妻は茶の間で起きていて、寝ようとはしなかった。

そして武志に向かって、脅すように言った。

「私が怖くないの？　私は起きていて、何するか分からないのに、怖くないの？」と。

「お前に殺されれば本望よ。好きにしたら」と言ったが、妻が正常なのか異常なのか、本当の姿が分からないようになっていた。


武志はいつの間にか、深い眠りに落ちていた。

朝、目が覚めると、妻は起きていたようだ。「病院に行ってみるか」と聞くと「うん」と答えたのである。聞き直すと「子供が行くなら」と言うので、保育所に電話をして昴を休ませ、病院に連れて行くことを了解してもらった。

しばらく病院を自分の都合で休んでいるので、良い返事をもらえるかどうか分からないが、電話をかけてみると「連れて来なさい」との返事であった。

上の子二人を学校に行かせ、昴と妻を病院に連れて行き、妻を診察してもらうと、予想通り入院であった。

診察が終わり、二階の入院患者の病棟に行き、待合室で妻と昴が遊んでいたが、帰る時間が来ると、妻は別れが辛くなり、子供と一緒でないと入院はしないと駄々をこね始めた。看護師さんが妻を引き留め、武志に早く帰るように促したので、子供を連れ、慌てて病院を後にしたのであった。

その後、入院に必要な物を持っていくと、看護師さんから、暴れるので閉鎖病棟に入ってもらっていると告げられた。

面会はできると言うので、看護師さんに付いていくと、二階の一般病棟を少し通り過ぎて、奥に入ると通路に頑丈な扉があり、鍵を開けてもらって中に入ると、鉄の扉の部屋が数室あった。

部屋の前の椅子に腰をかけて待っていると、妻が部屋から出て近寄ってきたが、落ち着いているように見えた。

荷物を渡すと、「部屋に来てみる?」と言うので付いていくと、部屋の中は殺風景で、ベッドが一つと、窓は鉄格子が入り、トイレが一つあったように思う。そして壁には好きな男の名前を書いた紙を張っていた。

そして離婚してほしいと、また言ってきた。「病気を治すのが先だ」と武志は言ったが、内心このままでは経済的にも、精神的にも生活ができなくなると思っていた。それから自宅に帰ると、幸子さんから電話があり、妻のことを聞いてきた。そして、「私にできることは、何でもするから、妹を中国に返さないで」と哀願した。訳を聞いてみると、中国のお父さんが具合が悪く入院したので、妹が中国に帰って来ると大変なことになる。だから日本にそのままおいてと姉さんから連絡があったという。

武志が「妻は入院したよ」と言うと、驚いていたが安心したようでもあった。

そんな折、母の病状が悪化したようなので、実の姉夫婦に連絡を取り、診療所に行ってみた。

医者が「連絡が必要な人には、知らせてあげて」と言い、部屋を出て行った。

それから五日後、母は八十九歳の生涯を閉じたのである。三月二十二日であった。

葬儀の日、武志は小さい頃から今まで、父親とは違うきめ細やかな安心感のある母の愛情を受けて育ってきたと思うと、悲しさ、寂しさが込み上げた。皆の温かい厚意で式を無事終え、母を天国に旅立たせることができ、ありがたい一日であった。

父は連れ添いを失い、ショックを受けていたが、元気を取り戻すまでには時間が必要である。

部屋で父が独りぼっちになり、そんな父の姿を見て天心は話し相手になりに行くと言って、父の部屋に行き始めた。


四月になり、天心は高校一年生、翔は小学校六年生、昴は保育所のすみれ組で、新学級がスタートした。妻はまだ病院で、市役所の方にまで離婚したいと電話をかけていたようだ。

係の者が武志に、「奥さんが離婚したいと、言ってきています」と言うので、「入院している者と離婚して、あとは誰が面倒を見るんですす」と言うと、「そうですね」と言って黙った。


仕事の方は、茄子の植え付けの準備で忙しい。妻が入院して三カ月が経った頃、棚を作っている時であった。病院から電話があり、前と同じで妻を歯科医院に治療に連れて行ってあげてと、看護師さんからの言づてがあった。

予約の日に二階の病室まで迎えに行くと、妻は待っていたようで、すぐに出てきた。そして二人で玄関に向かって通路を歩いていると、妻がポツリと口を開いた。

「できることならやり直したい、二人で一からやり直したい」と言い始めたのである。武志はすぐに、「自分の病気を治すのが先」と答えた。妻は黙ってしまった。

病院を出て買い物など用事を済ませると、歯科医院に向かった。そして治療を済ませ、三日間の外泊許可をもらっていたので、我が家に帰った。

武志は、自分のいない間の母の死を妻がどう思っているか、知りたかったが分からなかった。

夕方になると、上の兄ちゃんたちが帰ってきた。保育所に昴を迎えに行く時間である。妻が「迎えに行きたい」と言うので代わって行かせた。しばらくすると親子仲良く帰ってきた。上の兄ちゃん二人も嬉しいようであった。

あくる日、武志が仕事から帰ってみると、妻が誰かと電話をしていた。「ひどい人ね」と言葉が聞こえてきて、そして電話を切った。未練があったのであろう、武志は知らぬ顔をしていた。武志は器の小さい男だが、妻を責めるつもりはなかった。

あくる日、妻を病院に戻した。

数日が経ち、病院から退院の知らせがあり、昴と二人で午後に迎えに行った。二階の大部屋と話は聞いていたが二人部屋であった。

待合室で待っていると、同居者と二人で部屋から話しながら出てきて、別れを惜しんでいるのか、しばし話し合っていた。妻はこちらに気付き、友達と別れ、昴に近寄ってきた。

昴を抱き上げ、笑顔が出たのである。落ち着きを取り戻していたように思う。

妻は子供を抱いて、武志は荷物を持ち、受付に向かい、入院費用を支払い病院を出た。薬局に寄り、帰りにスーパーで買い物をして家に帰った。いつものパターンであったが、ここからが違っていた。

妻は医者の言う通り通院は守るし、薬は決められたように服用し、離婚という言葉が出なくなった。心の奥にしまい、鍵をかけたのかもしれない。

それから笑顔が少しずつ増えていき、普通の家庭に戻り、五年もの歳月が過ぎていった。

ある日、妻が武志に言った。

「武志は昔と比べると、非常に優しくなった」と思いもよらぬ言葉であった。

武志は優しそうだと言われながらも短気な一面があり、妻の頬を平手打ちしたことが一度あった。妻は二メートルほどよろけて座り、ひどくショックを受けたようだった。幸子さんに話すと、「妹は誰にもお父さんにさえ、一度も叩かれたことがないので、武志君に叩かれたのは、相当ショックだったと思うよ」と言われたことがあり、それ以来、手は上げないと肝に銘じている。

父は私の仕事のパートナーになり、何年も手伝ってくれていたが、八十歳を過ぎた頃から少しずつ弱り始めた。

九十歳の時、転んで骨折したことが元で体が不自由になり、家では世話ができなくなった。介護を申し込み、施設でお世話になっているのである。

武志が父のための行動を優先するといつも怒っていた妻は、今では何も言わなくなり、陰ながら手伝ってくれる。荒れた暮らしも、今では懐かしい思い出に変わってきている。

二〇一九年になると、天心は専門学校三年生になり、翔は高校二年生に、昴は小学三年生のわんぱく坊主になっていた。

武志と桜は、子供たちが成長し、将来夢を持ち、社会に巣立っていくことを望んでいる。

著者プロフィール
市川 寛（いちかわ ひろし）
1950年９月11日生まれ。
高知県出身、在住。
高等学校卒業。

国境を越えて

2020年12月15日　初版第１刷発行

著　者　市川 寛
発行者　瓜谷 綱延
発行所　株式会社文芸社
〒160-0022　東京都新宿区新宿１－10－１
電話　03-5369-3060（代表）
03-5369-2299（販売）

印刷所　株式会社エーヴィスシステムズ

ISBN978-4-286-22105-2